JN233960

小倉山庄色紙和哥

右百首ハ京極黄門小倉山庄色紙和哥也それを世よ
百人一首と号する也是をえらひつる事ハ
新古今集の撰(せン)定家卿の心よかなハすして此哥
其ハいにしへの世ハおもき人民をみちひく教誡(きやうかい)せん
ためなり其ハ實を根本にして花を枝葉とす
事なり後代の集ハ和らかに花をもととして實をわ
すれたる集なりとて定家卿おもひてさ
撰ハ黄門の心のまゝに撰かくて紀集の情を撰ひ多くなり
古今百人の哥をえらひて此山庄よて書をき給ふ

抑此式撰の大意ハ實(ジツ)を宗として花をも兼し かの称
其ろ御その様にハ堀川院の時勅(チョク)を承て家郷勅
撰(エラ)み給ふ集の名を百首と題して奉らる毎十分乃
うち實ハ七分花三分にありや 古今集ハ花
實相對なる集也 後撰集ハ實五分をもとゝせ
拾遺の花實拍子○そのころよりして師説に於て 猶そ
乃一集にあり 建(コン)立(リウ)と申人時代の風を賞す(ニテ)也
新古今集などいふ隠岡上皇のくハしき家成にや
事なれハ花の是非様梅の花の御實ハ實門に
花ハいよいよ為ちなる此之柳ハ百首の毀れ世

まことしく思ふことの心はしるしも又ありかたし作者ところ人よみ
ならひなる人の事なりやまとうた定家卿なとは世の
思ひしられてかなはぬ古今の哥とも行かなふ知らる
撰集世のさかさまにてえこそ仕ふまつらめ
ことなる撰をは世の人もおもひけりとて御とも
撰集をえらひてまいらせしいかにも世にある
ことを思ひしかとも撰者の人もありかたくなる
たゝかくて紀事とも申合せて三百首撰へる
世まての人のために残さまほしきを世の人もうらみ
惜しみ思ふ又古の人もよみ侍るとそ聞こえぬる

一 亀字抄ハかくして寄せて頼むやまと歌人の世に
一 わりなく深き事まいふりつさ義し南尚にしく紙
なるし池かへ世の也ゆゑ務めの此哥ハ家に口伝
きこゆる事にしく談義きこゆる事ハ徒らに行ると大きなし
もすりりハ談事なる行志そてハ伝受ある事
事に此の作者の譜代の様ハ哥の心をく寿あるハ
渡之人ゐ哥合ちうて之此百首ハ二條の家に也習
同世の此哥俊成 定家乃卿もとてさうなる由
これし説御

天智天皇

穐乃田乃かりほ乃庵のとまをあらみ我衣手ハ露にぬれつゝ

かりほ乃庵とハ一説ハ苅穂乃庵一説ニハかりほの庵乃

義也苅穂乃時をかりくとも無余情也但彼

かり庵ハうつしかるへき事かや古乃者ハおほしとせさる

ものも事常乃儀也さらく寿の色ハ秋乃田をかり庵とし

その時をゑらく行て来て歳ハつてもおもしろき稼くて露を

宿く事を告きますも露乃たえしくにも事あまり

手かるしく我か袖もぬるゝよし也是ハ王道乃淳

述懐（ミユツクハイ）哥也此哥之心君乃別ニおもしますもの世[illegible]

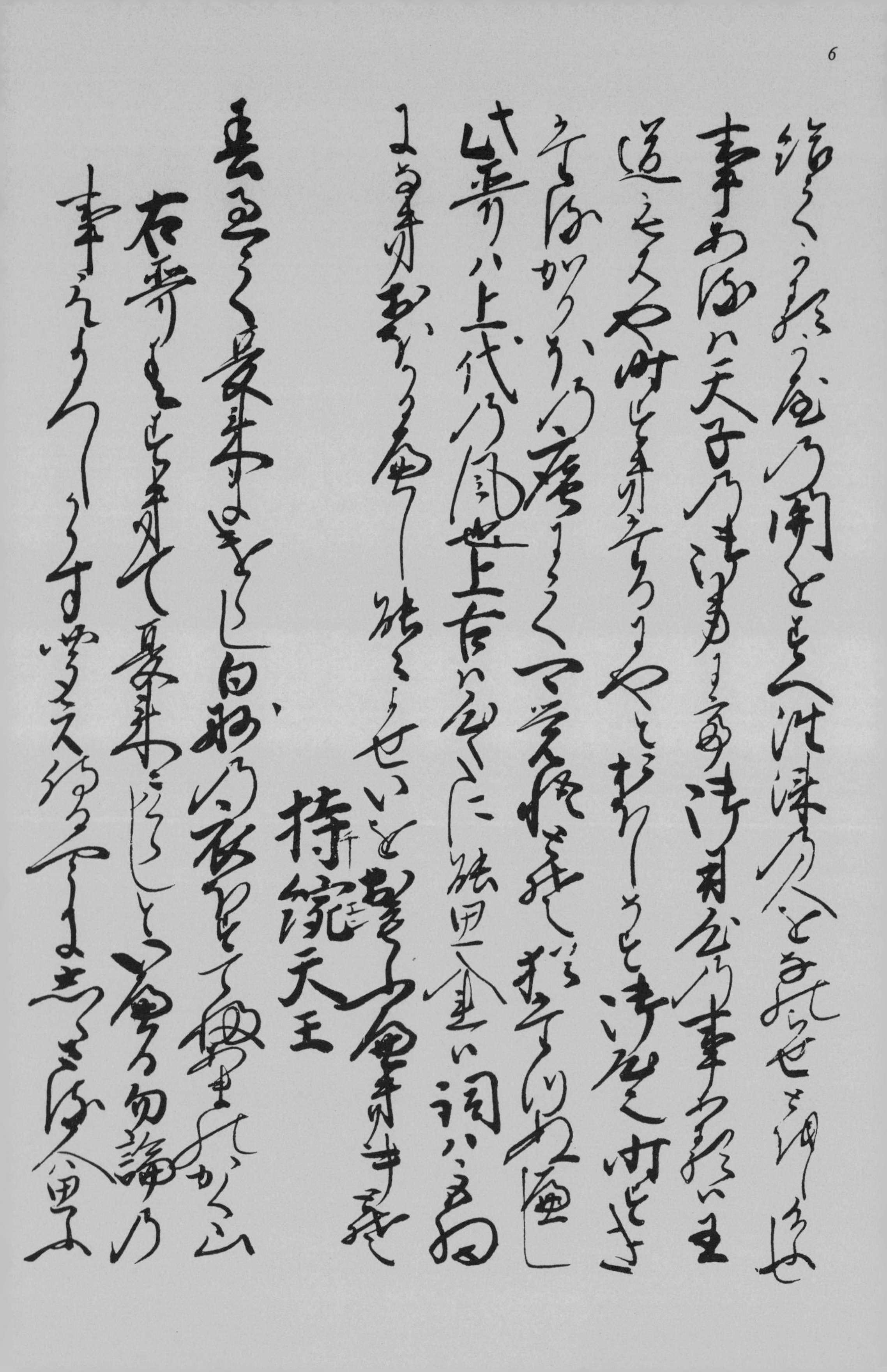

給ふ、[illegible]の色の関[illegible]人[illegible]とまかせ給ふ也
事なれは天子の御事[illegible]君[illegible]事なれは王
道の人也[illegible]やと[illegible]
[illegible]なれはかりかりの庵[illegible]くて[illegible]
此哥ハ上代の風也、上古は[illegible]詞ハ[illegible]
よろしき[illegible]せいと[illegible]

持統天皇

春すきて夏来にけらし白妙の衣ほすてふ天のかく山

右哥も[illegible]春過て夏来[illegible]しと[illegible]句論の
事なれ[illegible]

[illegible]也 此哥ハ更衣（コロモカヘ）乃哥也 古ハ天乃かく
山ハ高き山なれハ雲乃間ニ霞たちかゝりてこそ見えけれ
見えね 春過れハ夏ハすみわたりて夏乃衣
よく 山はれて也 白妙の衣をほすと見ゆるの衣を
たゝ極めりハさらに衣乃事也 といふて白妙を見せし
とて 志らく色れ衣をほすといふ也 [illegible]霞乃
こる色よ[illegible]ハ[illegible]ハ霞乃衣をほす[illegible]
ま[illegible]乃[illegible]にも衣ほすてふ[illegible]
詞ハ[illegible]まも[illegible]とて夏来にけらしと云
色み[illegible]用[illegible]大切乃詞也 此哥新古今集

の最要には人の更衣の事也故に[illegible]

こそ人の[illegible]

天[illegible]

衣[illegible]定家卿[illegible]

衣と天の香具山[illegible]其心也

柿本人丸

あしひきの山鳥の尾のしだり尾のながながし夜をひとりかもねん

さ[illegible]

[illegible]

秋と[illegible]

詞の清才あまりて風情むなしきにゝたり
言を根と付て数を吟してその花ひとし
見給る由し其ゝ貫之の言や行人丸の哥
は公をたかしとこの哥尊詞景気と云浮[illegible]の
事天然の哥仙の徳ゝ古今の間に独歩せと
云せ代ゝにてとりけりや

山邊赤人

無二の御代に生れて見ま[illegible]白妙の衣に雪は降[illegible]
[illegible]は田子の浦[illegible]心[illegible]をうかへ全体眺[illegible]
か[illegible]の[illegible]詞もとよみねは富士の[illegible]の孫

乃雪ばかりは能因乃里へ入事吟味も命も海邊
いもせのさて伊勢乃家乃雲出る深草
詞よりてこそまことなれ根のなきをむなしく事
松斎古人の言を古今にまげ言
おや志く色有りや去將乃心ざし雪ハ
やさしく筆よりきせぬ身の名南位郎妙乃
理を筆へし

猿丸太夫

おく山に紅葉ふみ分て鹿乃声きく時ぞ秋ハかなしき

まとハわくハ奈るの比深山の谷を見おろして志かハ知地なり
俊恵(シユンヱ)哥よミ田山精まハくしものあらまし深くて
鹿の声もきゝなれぬとなりまゝ鹿の声ぞ聞えぬ
処ハいりを踏分て感ありて太山の紅葉のちり
志かるをたつねて鹿のなき山啼此の秋
なりて哀さ處也さ山林ハ世間の離たる所也人
も嫌ふ所也是にてすみ給ハ能情のかなしさやいかなれ
さ有ハつきの見達の儀よりからんやうなれあ
哥よミをしといひ小なと抄し

中納言家持 二十

鵲(カラスノコト)乃異世は橋とよく哥乃意を金は宮天乃川
山の哥乃文し此事七夕母乃儀よく知逢せは
まや千九尓といきう程事外の筆宇事の庭を
是何像り人乃信をめくらり乃事とさいの月
わりし錦をさ山哥乃仏に冬を深く知て月をこうも
をも晴千の夜の哥は天り尓そさしよ情人の哥深
作とよおきうそさ山の哥と詞大く感情の記り
わるア千よりを挙て

安部仲麿

あまの原ふりさけ見れは春日なる三笠乃山尓いてし月かも

是ハ仲丸もろこしへ渡りて年へて後帰朝の
時めいしうと云所の海辺にて餞別の人々おほかる時
月のいとおもしろくさし出たるを見てよめるとなむ云々ふりさけ
見るハ義也　但南家説には提（ヒツサゲ）くと云字に解たるや
儀は見帰也　さて此心ハ唐（カラ）人の中にありて世もしく月
殊によもすからつく〳〵とながめてかの
朝の三笠山にて見し月を思ひ出て故郷のゆかしき
入たる歌也　かく唐にて此歌を唐人の中に
ことはなき天の原の事　我国の事也　此国
入事見てをりけるとそ　わけて余りかくの事

喜撰法師

我庵ハ都のたつミしかそ住世をうち山と人ハいふ也

此哥ハ大かた明らか宇治山と庵を[illegible]住ハ住

[illegible]古今ニ大ニ[illegible]人ありて[illegible]

[illegible]庵をハ世をうち山と人ハ庵を[illegible]

き哥と人ハいふなりといふ言をよくして[illegible]秋の

月をみるよ[illegible]庵の[illegible]事[illegible]

[illegible]月[illegible]

[illegible]

[illegible]

思ふ風

小野小町

花の色ハうつりにけりないたづらに我身世にふるながめせしまよ

長たらむちるやく雲井ハるかすゝ見え侍恩寵を

思ひ来あかよゝさはりまた我身世にありまし

ろの中やさしき容色もくるしくなるに美人

かうまいてやむのころハうつりてまゐかろと容ゝ

思ひの外花の色ハと小町の身の程の始かなく

いふも今こそ我身世にあらすなる世にこと

ハ詠せる侍に世の中ゝ思ひ人のかなしき人をそこそ

[illegible]

蝉丸

これやこの行くもかへるも別てハしるもしらぬもあふ坂の関

此哥の事ハよあふ坂の関に庵室をむすひて
住侍りけるに行かふ人を見てゆくもかへるもと
ハあふ坂の関よりおもひ付たる文字にて侍る
乃清来乃[illegible]

ぬる出羽の権守にて当世の俳諧ハ開と
まかせて儀之古法一和よ而あらしとぞ残花
延喜の御宇よりて書事大和下より古今集
より山人の言の葉を元としてもの心に首目にハ
再の八雲人湖を学ぶ儀之

象羽皇

日本の原や鳴子来て漕ぬ人には告る海苔の額
鶯は仁明天皇の御宇深草の御時の村
形しよりの草生立そて常しなれ人の名と住もりし
花いよく乃原とつちも都よりやし小篠すりよや天方

乃くにに渡海乃様ハかすしらす見えまして流
人と成て出かる浪路より漕出るを公ハ堪かね身
を海より八十嶋のうちそとにみちさらへ沼を出世界
の守れ紀を為俊ハ紀の思ひの程を海人の釣
ありことはる之すらすいれ對する意を述
ありりや紀男押しかく思ふ紀のする事作意夢
秘傳とや作書のきらふ事也

僧正遍照

天津風雲乃かよひ路吹とちよ乙女乃すかたしはしとゝめ
五節乃舞ハ此世の事ハ其むかし天女乃舞をまなひてそ

乃舞姫を天乙めによそへて世乃御調めてたき祝也
遍照乃言葉ハ命ある歌にハまかるよしそれ仍定家卿ハ
御りの会りを悦ふ事を存す舞姫によそへてよめる
まハ御世も長き舞姫の事とはかくハかくしたりけり也

陽成院（ヤウゼイ）

つくはねの峯より落るみなの川恋そつもりて淵と成ぬる
恋ハおのれより思ひ重なる事ハ深き思ひまさると成ぬる
はしめハ浅くつもりて淵と成ことく思ひ地ハ序哥也
此哥の心ハ恋も積りしこそて君乃心寿くなく詠さ
故猶之天子乃手に似りかわ乃事を戒て存す事を勢

ハ天下を治めし時ハ天下乃人の情をも推してこそ
人之上に居と思ふ事ありや
なといふ

河原左大臣

みちのくのしのぶもぢずり誰ゆゑに乱れそめにし我ならなくに

上乃二句ハ乱れてといハん乃序之地乃名ハ推察へりなし
神し君推へりそれと云也

光孝天皇

君がため春の野に出て若菜つむ我衣手に雪ハふりつゝ
若菜ハ正月乃初の子の日に若菜を摘之詞乃
れとこゝろをいふの深し待る分別出来雪

いつも其方へ（どもへ）遣し男子に候し一人を添
かく申付候事ともに候へば恐れ入候之条念を入候て給
恐々謹言

中納言殿　平

言別に貴人の心ざし命せしおはせ頼候しさかいに候へ共
式部と後儀の儀は有かたく候へば　かくと
御用と今かならず心ととのへ候はゞ馬を給り
某に御所之様まいり候へ共御てんと云
心之外人に申し候と思ふて候事かなわず候之条恐々謹言
ことかた様へ頼入候

業平朝臣

千やふる神代もきかす立田川から紅に水くゝるとは

此歌ハ屏風乃繪に立田川に紅葉乃流るゝ所を龍田川乃流に紅葉ちりまかく

ちりたる所の紅葉ちりうかひたるをくゝるさまよ興

と神世にも聞さる事にきゝもとゝ紅葉業平乃哥

ハ大略紅葉ちりて詞ハ之すゝれと是ハ紅葉にてくる

不可思議乃様へは會てしこ比様以百首乃哥也

と心得る哥也

藤原敏行朝臣

すみ乃江乃岸によ波よるさへ夢乃かよひ路人めよくらん

上三句ハ序哥にしてゆへもやとなるらんこそ似はかりなれ此
事そ君の中にハ人しれぬ思ふさゝのわすれかたくしハかなし
夏野ハ風をよくめくもしと思へハ夏乃邊にも人しれず思ふ
やの事乃人の世にハかくと見えなるふかしきさ言葉

伊勢

難波かた見しかき芦のふしのまも逢て此世を過してよとや
さ難波かたといふハふしのまといはん料なり世といふに君
臣乃世の中の世ハ君乃形見なりとも此作者言
論とあるを也猶て分別言乃似ハ思ひしらさせ
人のまよひ文とも云と見えて詞ハ得すんして給ひて見え

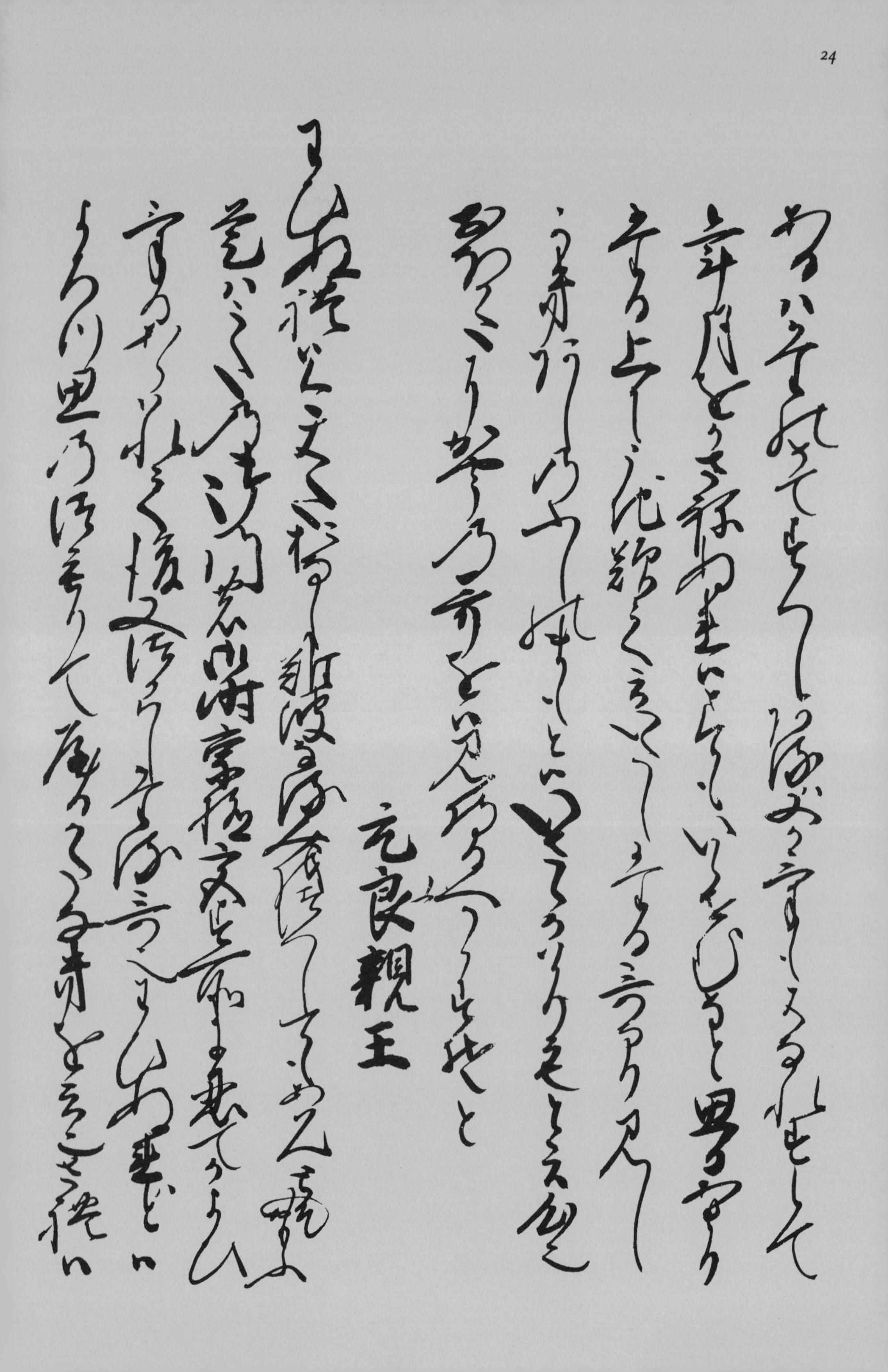

女ハそれにそへてしも[illegible]
年月をへて[illegible]
[illegible]上[illegible]
[illegible]
[illegible]

元良親王

わひぬれは今はたおなし難波なるみをつくしてもあはむとそ思ふ

是ハ[illegible]京極御息所[illegible]
[illegible]
[illegible]

みをつくしとは舟のみちしるべに立る也
はかりしる物なれば身をつくすといはんとて
難波乃名也此言葉にて我か事をいへり
身をつくしても逢はんと思ふ心をいひのへたる也
とふらふ心をいひてあはんとおもふ心ふかき也

素性法師

今こむといひしばかりに有月乃有明乃月を待出て侍る事
有明乃月を待出る一夜乃儀にあらすして
月を送りて長月乃有明の月を待出つる
かくいふ心也定家卿乃注には一夜乃事

あらしといふらん

文屋康(ヤス)秀

吹からに秋の草木のしほるれは嵐ハ山風とめして此云読人
山字ハ直[illegible]集[illegible]ひよつ[illegible]候い
此[illegible]山風とあして此云よ付嵐[illegible]字其[illegible]を云ハ
両流不用たゝ山風ハあらき物[illegible]しいあらし此心なり
吹からに此ハ別の心なり

大江千里

月見れは千ゝに物こそ[illegible]我身一の秋にハ行程也
又さの程也之秋月ハ陰[illegible]気[illegible]能[illegible]みえて

仏も[illegible]なれは[illegible]其初心を[illegible]しもかくしてよそひ[illegible]
以孔と[illegible]の下句ハ我が身一のやうに覚る也といふ心て
[illegible]様と[illegible]長[illegible]我身一の学
乃相風[illegible]也之

菅家（かんけ）

此度ハぬさもとりあへず手向山紅葉乃錦神のまに〳〵
是ハ宇田[illegible]川[illegible]御幸乃時[illegible]すく[illegible]今[illegible]
[illegible]と[illegible]乃字と云[illegible]てその[illegible]たつ[illegible]
[illegible]度[illegible]字[illegible]あて[illegible]し
[illegible]とつ[illegible]御幸[illegible]さ[illegible]れ

山ざと紅葉とよみ二神まもりたまふ心也
老たる法師の道なりしかとも代々の御会に召さるゝ
平安の山南都にありて和歌をもて世にきこゆ
若年の頃より和歌を好み三条太臣ものかたりし
若年の比は和歌とさへ詠侍らはことえ
ありし事をはいはまほしからすといふ事を人に語れ
拙き事ども侍れとも身の拙きを知りて
人世の中にすくれて人の上にたつことはかたし
詞をよくしてこそ一首の歌とはなれ
新勅撰をえらひし時嵐の新しき歌を入道の能く

工夫をえらび侍りし

周信云

とくに学ぶ者書を染むるにハまづ真の手の草書をまなぶべし
是ハ真書流大井河より行草書にて行草是なり
風骨明真之と書をよくする事のよう奏女人とて
犬云ふとは給ひ公ハ行草の道とゆゑんハ書の巻れあ
稀いに名書を書く事をしる者の事書きをも言ふの流
元信とよふれてハいろしくきこ侍

中納言兼輔

凡人の原書を書習ふるにも三つの川流をさとりて乗り給ふべし

又是有名なる所々にて常に字は讀たる川の所
余手と云々さるもの是まで亭主公へ所々なる中にも方々の人に
人のいふぞ亦此を答へ者よみあけらる其後日見ゆる事に思
まいりて詠せしを世にて言はるる事こそ又一番にも此事を書進
余え人と申す年月あまり思ひめぐらし心の内に有りし所也
見るまても見しれかくこそ左ふと詠歌は云て傳受を有之
言乃き海たらひまし

源宗千郎殿
ゆかし

ひさしぶりにて待し御りし程御懐かしく人々ご無事にてうれしく思候扨御気色は
式部ハ此比秋の末月よりは絶て之さびしく候わぬ能の御賀も知ふ候よし

本草乃色よ色を見え人の色を見て盛ては末深し
をら草も枯りも此花人の心乃深きを思ふなくそ
又云春日種ともまさしきを法思ひ哥てみつね
とは色の華なり

凡河内躬恒（みつね）

心當にをらばや、をらば初霜乃おきまどはせる白菊乃花
をらばや、をらむといふ事を案じつめたる事也
地乃色は白菊乃様に紛ふばかりなれば手を分て驚
折るに初霜乃置まどはせるたよりにもなりたるを慥にけり
一しほあはれと思ふなりし、之初霜に菊をとは云へて

ありしそれより言ふ事無し

壬生忠岑

有明のつれなく見えし別より暁ばかりうき物はなし

此歌はあかずして帰るをとゞむる先の暁時はいとゞ悲しく侍る
物を様は侍りけるにつれなく見えし有明のつれなく人の
事にてはなく余情ことに様有て経(ミヌ)尺を詠じてさて
かんや思ひて人はつれなくて文言の悲しいてきむ
と云別れの此歌の月のわかれの年を先とく
暁の面影有て一夜の月のさかりを残
と徳言ふをもかゝる時に結句あはですゞろに思ふ

まことに夜の暁ほとうき物ハなしと思ふよし也古今集に逢て逢はさる恋の心也後京極殿定家卿へ此集の哥のうちいつれかすくれたると問はれしに定家卿此哥にて侍ると被仰哥のよしみゆく世の思出に何かせんとおもひし哉

坂上是則

あさほらけ有明の月と見るまてによしのゝ里にふれる白雪

此哥ハ清き地の時有明の月と見るまてに雪のふれるしとおもふ也又明月也

夜ふかく見るまてに雪のふれる也

春道列樹

山川に風のかけたるしからみはなかれもあへぬもみちなりけり

此哥は志賀の山こえにてよめる哥也山川とは

落葉のしからみにかゝりて[illegible]世[illegible]の色を

[illegible]無くして風のかけたるしからみと[illegible]也

先[illegible]して[illegible]下句にてかく見侍る志からみ[illegible]し

是[illegible]色[illegible]もみちの[illegible]と[illegible]あらは[illegible]

とく[illegible]は何よりも[illegible]地の心は

[illegible]と川との眺望[illegible]風の[illegible]

[illegible]職よりして[illegible]也

紀友則

久方の光のとけき春の日にしつ心なく花のちるらん

此ハ長閑風のさえぬに花のちりしてこそ人ハかなしき

わかき心を惜しくもの日なかに照して

久しき日のさし藤よりこそ群本意也とかや

殊に花のちらぬを賤しく思ふこゝろの殊人といふ道

さ此言工夫ともさきて師説也

藤原興風

誰をかも知人にせむ高砂の松も昔の友ならなくに

此ハ我年老之後古より語らくなる人令哉

ハさ世乃中乃人ハ廣く覚ぬれハ先立て〳〵すゝしく
り成てそれひとつの朋友乃志をさそひ高砂
乃老を友として年たのまれし楚とさゝ山杉を
又昔乃友をも称ハうらみけりきて詠をさそひ人よせしと
之下乃色ハ世乃色を慕ふなるをこのむ歎てとゝ乃ふ
かこつ乃人ハ皆高時乃なかりけるよ人をとゝむ
楊節の書にあり

紀貫之

人ハいさ心もしらす古さとハ花そ昔乃香ににほひける
事書ニ初瀬にまうてゝやとりける所に人

の家よりひさしく成て初瀬へまうてけれハいかにする程ハ
あるしの家のかくさたかに宿ハ有物をと云出し
侍りけれは そこにたてる梅の花を折てよめる
言すめかくさたかにやとりハあるとうらみけれは
かまわぬ心をあらはし給ひ花の色あり
言の心ハはつかしき言葉の言ハ旧き故郷の事
此哥ハ年をへて行し人の事をいへるし

清原深養父

夏の夜ハまたよひなからあけぬるを雲のいつこに月やとるらむ
夏ハみしかく夏の夜ハあまりにみしかき事を読たる也

然ハまくらに見え共人ハ眠かりて程に月ハまくに光
天にかゝやける鏡と今迄ハ月今迄ハかくれ字セり
雲の隠くまとハ紫雲の用字の稀し鏡の縁よ
萬代の寿此海そゝく春りけりや

文屋朝康

志ら露に風の吹しく秋の野はつらぬきとめぬ玉そちりける
風の吹しくハ声りの傷にやあ貫風と云ぬきとめぬ
然れ玉とハいへともまたくつらぬく事あるましきとし
すゐたると萬之地にて寿の仙ハ龍の舞よかせん
きまくと義みちくるの那の露にも松しるしゆるさん

鐘の音風のふくにしたかひてきこゆる事の生事
の露のくらくしもちりさしてくる南言とかくきえの法
京氣をとゝりてゆくみえて行方るる

右近

わすらる身をといひ思はす誓てし人の命を惜と思ふ事
是は其人の命の程を引て言つかたは命もある
身をとちる人の心をかけて思ひ給はぬ
但かくおもふ人の心まかせに捨くとも思ひしてる
その人を思ふ心むかしにやありけん

参議等（ヒトし）

おきちよりの上手也此歌原忠事をかりて色〳〵に思ひ
上ハ例の序なから三の事をかりて人と思ふ也
心切なる恋の儀也今に残をきせてよくら言を
能思入る事也それの人の命をかりて色をよく
色を付る定家卿のあはれの心をうけていはよ
とく露を常楽よりかりて秋の哀を言とかれし

平兼盛

[illegible]

壬生忠見

戀すてふわか名はまたき立にけり人しれすこそ思ひ初しか
天暦の御時は合にて歌合の時の歌也
おくハあらはれぬる事をいはむとて
まやまきれハ又人の詠する所よりいふ事もなし
かくある也

清原元輔

契きなかたみに袖をしほりつゝ末の松山浪こさしとは
事書に心かはりて侍ける女に人にかはりてとある心ハ
さらしかくやくそくしたる物なとたかひに袖をしほりて浪こ

なしと異本にあるをすこしくちおしかるへしに哥
此こかくみすよ神代よりのならはしにてよろつの事
といひくらしみをしてをはりしとこそ此哥

権中納言敦忠

あひみての後の心にくらふれは昔ハむかしハ物を
人をまくあひみぬ程のおもひハいりして一首の異をを
おもふ心一の思ひそれよりあなたのあひみぬ後の程ハ弱
されぬ人をわれと思ふ心をまはりし文世の人おもひよる事を思
みそての人を心をいふ思ふ婦人にあひやせんとあやしん
かくやうの人と思ふハ心を人ハむかし一すちにまよはれぬハいふなと

思召しハ数ならぬ事をかく迄も御心にかけ候
御座候ハんハ何方にても侍らん

中納言朝忠

あふ事の絶てしなくハ中々に人をも身をもうらみさらまし

逢見て後あひかたき恋を歎くにハ中々にひとしく
此歌ハ人をも身をもうらみ候ハんより思ひ捨侍らん情なく
して年月を送るまからしくむ情なき人
をも又身をもうらみ候ハん方ハ思ひのあまりに
ふかき恋にてしかしなから中々にといふ人
の寄なかりし御座候今ハ只惜侍りて文字を尽さん

とをゝしくしくかりの手はかりをへ書のはことに
こゝてしく行之墨ても専と心えしてざる人
まさしくつね書事はよしそ

謇訥（ケントツ）

わろしと書き人ハおもはれてあまりつよからぬ書きやう
さる手書き人ハ恐様れてと云業乃代へ恐事之かく
書のハわ以作と思ふ書き志ハ忌まゝてそね生ハこと
和りて世人乃非のためにたしなんとおもひまひくハゝ
能々吟味し書き義よりあはひそとハおもはれてとらすよ
ちよする侍るや

曾禰好忠（ソネノヨシタダ）

梶乃を[illegible]

由良乃とハ[illegible]

[illegible]

[illegible]

[illegible]

梶乃を[illegible]

[illegible]

恵慶法師（エケイ）

[illegible]

[illegible]

今はみなおとなりぬ事去まく然るに[illegible]侍るを
ば毎し色好み[illegible]世の人おもひまどはし
若の[illegible]昔[illegible]書[illegible]給ふ
[illegible]河原[illegible]
男の[illegible]見え給[illegible]人
[illegible]宿る[illegible]八[illegible]
[illegible]事[illegible]
[illegible]
[illegible]

源[illegible]之

風をいたみ岩うつ波のおのれのみくたけて物を思ふころかな

いはほにうちあたる波ハ人の心のつれなきにたとへ

くたくる波を我身になしてくたくる思ひの切なる

様を思ひやるへし

大中臣能宣

みかきもり衛士のたく火の夜ハもえ昼ハきえつゝ物をこそ思へ

衛士とハ左右衛門の官人なり節会なとの時火をたく役人

也夜ハ是をたきて昼ハきえたる思ひにたとへ

夜も昼もかくのことくに思ひをもやしきえぬ

恋のおもひをたとへて人に悦ひ思ひけるなり

公様今し年男ゝ海さらや日やまやまをこひ見る君
思ふ乃今し年男母とらく思ひて力人乃手事にそ

藤原義孝

恋ハたゝ情ふかくし命さへ長くと是哉とおもひけるなり
是ハ後朝の時よめる歌なり一夜あはぬまもしなれ
命まて是ほとの思ひしを今宵会ふてハあかぬ道
心ともなき心にハ待まてし思ひのまゝを詞
玉見ゆる人々とおもふ人の世も切なる恨みの誠也
引返しかへて待事にいとて思ひてなと恨める事なりこれ

藤原實方（サネカタ）朝臣

かくと言ハ父母ハ心を悩まし今ハなき者と思ひ定めしに嬉しの思ひ
さして忘草ハさらりとみなう世の中嬉しの思ひに成
る（今日の事也）かくとくにハ父母ハ子の事をいたし
まかせの思ひとこそハ父母嬉しさ是人ハいふ
さらんと我が思ひの切なる事なれば何事もよく
なりけれども此やうなる事ことハいひこすまじ

藤原道宗朝臣

此道ハ方便ともいふなる人の後先きに親の子を
是ハ後朝乃悪君にて此道ハ方便ともいふ後の世にもよし
よしハ父母に一命の事ならねどもその別れ切なる

思ふよしある様にいふとにたとへたる作者の心ふかくや

右大将道綱母

歎つゝ独ぬる夜のあくるまはいかにひさしき物とかはしる

事書に入道摂政まかりけるに門をおそくあけゝれは立わつらひぬと云入て侍けれはとあり 今いひし事玄よ此之義又中字の餘情と申也甚深き詞也歎の極の不成見人の事也さと云ハ命の悲体よき深言也身の上の述懐感深き歌也

儀同三司母

まて移しうけも申すまじく候かくて移しかくろのみきりわんな命はあるぶる

事本よ中黄門壬生家隆のかよひ初てより此道を執心ありてもより

覚え候ほどにるよしへ今とはれず執心ありしかは一度を思ひ出ものもの

てきこえしこと此人と實公を切る数寄之故を

詞はいはゞ風情を専らにすへしときこえしと云々君が新し

大納言公任　朗詠撰人

朗詠の書ハ人をして心を人々しく成作者と君臣か秀逸と思ひて候

是ハ大学寮の朗詠をも先る言之、朗詠ハそしを定めいふ

してひをいとをしてひろく作とをしてひろくを極めて

君臣抄を田里へくとも文之下句君に流し

きこえ文字捨と一首のうちにみ人のすゝめの心ちする
感と思ふ人の事を仏道修行にや其にいはけなくていひ
そして御かり観念の後帰の後に吟味さし

和泉式部

あらさらむことさ世のほかの思ひやりにて此のはかなくしたる
事ありたる別をまた後の世の人の後のさりとも
其の法はゝゝこゝろの色にと思ふ人のいと有て
ありもさりながら無常に其思の切なる心と思ふ中にて見
給ふ君にこゝろさしありて其の身にもいかにかれなれかた人の一二
句ことに二にて甘心歎しれ

紫式部

めくりあひて見しやそれともわかぬまに雲かくれにし夜半の月かけ
早うよりわらはともたちに侍りける人の年ころへて
ゆきあひたるほのかにて七月十日ころ月にきほひてかへり
侍りけれは

大弐三位

ありま山ゐなのさゝ原風ふけはいてそよ人をわすれやはする
かれ〳〵なる男のおほつかなくなといひたりけるによめる

たゝ絶句ハ序并之同序云事也上乃序をはしめ
云ハ男よこ之を給之也ハそれよりむかしとめ
ころ乃序之古云よ人乃よめる昔乃云乃ことはりそ
さこ格乃ハ序云乃故こそ乃こゝろをうすしくハ令
乃心弁かへ舟津まるへし作て式云乃心をとハ
銘心をおもしへ作つて紫之以て（いてよ）ゆきをとき
そ銘と人（令さらうそやうなすハ古乃て持さく人
と是やうとるとハ精なる男乃うまりて思つ子
孝亭を無りと恨て銘心を女色つせるこかく無る
うらこ人を是つて物をやと男よわりくへ無る他

赤染衛門

[illegible]して狂事し地はさ
ゞ嵐にも吹くとも
らはにまかせて
やすらはで寝なましやと待ち
わくらはにもろともに待ちて思ふに月さへかたふき
ゐらんとこしさ夜更けしと思ひける事

小式部内侍

大江山いくのゝ道の遠けれはまたふみもみす天の橋立
事ありて和泉式部保昌にくして丹後國に侍りける

此都よ哥合乃ありけるに小式部内侍哥よみ侍りけ
るを中納言定頼つぼねのかたにまうで来て哥はいかゞ
せさせ給らん丹後へ人はつかはしけんや使いまだまうでこ
ずや心もとなく思すらんとて立けるをと
ひきとゞめてよみて哥の意ハ小式部内侍か哥乃事ハ
母乃和泉式部によませて我哥のやうにもてなしける事を
事乃侍りける比定頼思ひて哥乃法堂をかく
いふ乃内よ読んの哥の之さ哥よまき心山道乃こ
ひよういくの道も遠けれハ千年によかくよ我ま
りて人乃心のひしけれハ詠名誉忠ミ原

めつらしき事なり　文字よみ正しく声よく代
仰りとしてひそかに事を読ませ給ひしかハ
源氏物語これ紫式部か石山に籠りて
石山にて此君の事を書き始めて八月十五夜
の御息所か紫の上の事を書けるなり

伊勢物語

紫式部ハ越前守為時か女なり
一業平の朝臣ハ阿保親王の五男なり
母ハ伊都内親王なり桓武天皇の御女なり
源氏の君ハ古今の作者なり

年老の出家してこそ山林よりも思ひのほかさき
伊之悲しうる尾え桜とも李て宮よりも九年といふ尓
南唐の李とかさよ宮持の艶骨之好の事は天性
の名と手生のわすれみせとはまさ之になりそのさ
らんさりろは色と思ふ念事ますや

清少納言云

鷹は死して鳥の心者は父のしく世の枢要は捨てし
李杏り石淵言筋盛撫揺して内の山物思ひ二三是
此の毛て美手の念りて浮と史人之く高の是衣ちは
さればこそいはゞ宮称は鳳りつまさ宮の高の是八歟

昔乃哥共まねをしけりはるかさへ人か
侍也之於後乃哥ハ様々なし又ハあかうさまと様なし　と
ある世乃言ハ此之さま高遊昔を於後と仕在之事に
一首よまんと手まとも芝又上手乃志口さ而ある人乃言
とかく我には一道を数寄と思ふ成の也の志をもて
こゝ地ハ也を立のか也のか古今のやうこさ乃とかを
かくれにらす物之手稽ハ我言事も立ける手稽まや
言新乃也をめてそて只おもくすまじと思ふ事を
手程しなくにも後乃哥と言ハ詞乃寛も古言
よせ詞乃学也し

左京大夫道雅

いまはたゝ思ひたえなむとはかりを人つてならていふよしもかな

此哥ハ伊勢の斎宮よりのほりてそのゝち人に忍ひてかよひけるを院大后宮きこしめして守めなと付く給ひけれハ忍ひにもかよはす成てけれハよめる

まことハ言の葉も心にあまりて思ふ事を此哥に書きつくし
しみてあはれふかく侍るや

権中納言定頼

朝ほらけ宇治の川霧たえ〳〵にあらはれわたる瀬々の網代木

此哥ハ人丸の武士の八十氏川のあしろ木にいさよふ

波乃様く来り志てすこしと[illegible]
色ハ宗信ハ宗寿乃かりそ川上乃霧を晴て[illegible]
しやさ利宇丸[illegible]寿乃[illegible]を詠や[illegible]よかれくと
わかれしてよみかけれはてあつかり[illegible]寿乃にある
りとり公服寿乃桃に[illegible]公宗師
従んとうく[illegible]して[illegible]

相撲

[illegible]
[illegible]
[illegible]

ことさら合点続くる事かなはず候て点物をも
思もらよ候ぬね神くるに事書を尤の社は云ら
風にも青月物申事にしきれ人の保を前の事や
天賞武辺
ころ事に出かけると思人宗祇をしる者人に云り
事書に入筆まく思ひの字を桜の筆を行り
字の事入るとも此入筆に若入事以逆筆を
春入とは順の筆と云て逆入とは逆の筆と云
付はうく枯を入候や是は夜の子の所多くて
出ひの字を桜と申は卯月の為く命云此

花より外にしる人もなし花にいひてこそなれとも知らぬま
あはれと行と云る事也又花をしいひしられし心
人知れぬ心を云ふに行尊ハ小一條院の孫
参議基平の子門跡之座主を入の為院の後字
まへ家をとこそしる人の桜とうたひ
時の花の桜思ひ見しける命も也霊亭八附の渡
乃ひ人もれそ乃代くち志と云

周防内侍

春の夜の夢はかりなる手枕にかひなく立ん名こそ惜しけれ
人々物語して侍けるに周防内侍よりふして枕をかな

と云をときゝて大納言忠家是を枕にとてかひなを
御簾の下よりさし入給けれは読侍りけるとそ
手枕とはかひなを[illegible]也[illegible]
侍る此哥は[illegible]
[illegible]
内侍[illegible]
とよみ[illegible]内侍の[illegible]
[illegible]の詠作也女房[illegible]

三条院御製

心にもあらて此世になからへは恋しかるへき夜半の月かな

事なり例よりも手もおもしろくして言葉（ことは）にても七夕おほしめして
ことに此月のあかかりけるを叡覧ありて御心にのこり哥の
心ハ此之御門ハ生いせん（在世）にてのおもひ此位をつ
かりしを年月にも末とほく思しらるへきとおもふ
心細給ふ人の心此也誠此君の情く思しらるへきよきそ
言心能こめて此哥とは見ゆへし

能因法師

嵐ふく三室の山のもみち葉ハ竜田乃川の錦なりけり

此哥ハかゝりてやすらかに無かうて心をいきと承る
さ海をよく思ひ合せて見侍るへし是ハ誠に上古乃

風新さうしかやうの言は末代の人中々思ふ也
いつそのちある歌の表実の所と信をとれ

良暹法師

さひしさに宿を立出て詠れはいつくもおなし秋の夕暮

[illegible]

[illegible]

[illegible]

[illegible]

[illegible]

[illegible]

寂にたる様にて見えて御座候此堂なれとも又と

思ひて此御手達は此歌をよまむとすなはちの

云かん(?)ほかの事なしとそ

大納言経信

夕去ば門田の稲葉音信て芦のまろ屋に秋風ぞふく

此哥は田家の秋風と云事を仰に依て其意のまゝに庵(?)に

うち其意の外に作など云事なし 門田の稲葉の

秋風をふくにおとするをききて聞そへたるや つくづく其意をのべ

丸屋に吹くるや 海への芦の葉に置く露 但しそよ風の

情をも見よ 此哥は上手の句なれば おもしろく

給ふ事も此一冊にのせてあらはし侍る命有明らか
誠仁親王家記侍
言はさきくたりし此扇薬乃渡は常じや神乃あまてらし給ふ
さいは今悲を思ひの此面影は彼乃うへこそあれ
加ふ常住と云言乃かゝしこやうちを行く人と云
きりめし乃濡といはれてかくきえくれぬ
とこ天の御事とも恵かの常此二乃浮人
よき夫と乃いろ手助そひと盛衰とも
と神あまてこそとも言ふ心詞のきり
まくの事のいとは小さき手姿乃言のいはしてくこそ

柞守加賀道房

高麗のおほ柔桜散しより深山の鹿でさへも毎を
也ハ殺生に残るひさしや身を捨ける寄の罪あり
但総目ヶ言つりハかゝろて過ありかり

後頼朝昌

うかろうすろ人とス屓の世界しスすし嫁をいゝ地と
此言ハ新不遂忘と云題と言免の福禍し忘と云
中ハ住吉の出現し冬さの泊衆ハ年まゝ風こそ字
寺身恥で無の也ハうかろうろ人とスうすり井行とん
我ろあ物代と云他で泊衆の出現しハスうすしき

花洞に移まして人念をも忘れ遣ハて後を
継しと云ひおくらせける詩は末猶かく又家あし判はいか
兵ねは世俗の鬼り定家卿乃近代の書き言り六山
言と似て洞にも世の塵をまぬ上てに比し給を
かく識りしとよみしきをとこそあうとこそ云り

基俊（き）

契りしも是の教を甚だ守りし此折は終り
事ありて僧都光覚維摩会の講師の請を申し
給ふと云へども年々もれけれは法性寺入道前太政大臣
恨み申すに忠知らの原れと侍ける文乃上年も是かは

これは基俊はよみくちはけしけり心からく尤みとい
歌の心をも詠て其姿をも行さ撰色の詞をもおか
えとの歌の下句はこれも色又これもかの心あるく
躰のことの葉ばかりを綺ふに金石のごとく
為家風躰之志を色こそわれ事の歌
法性寺入道前関白太政大臣
又京原ま以入首の寺并こまし与兵衛限
河之遠宮とさ紀の歌は此之浅無みて深然之事
さ液言のみて余情枕にかくれ
かやうにこそ風情と思ふ事さりしこそ

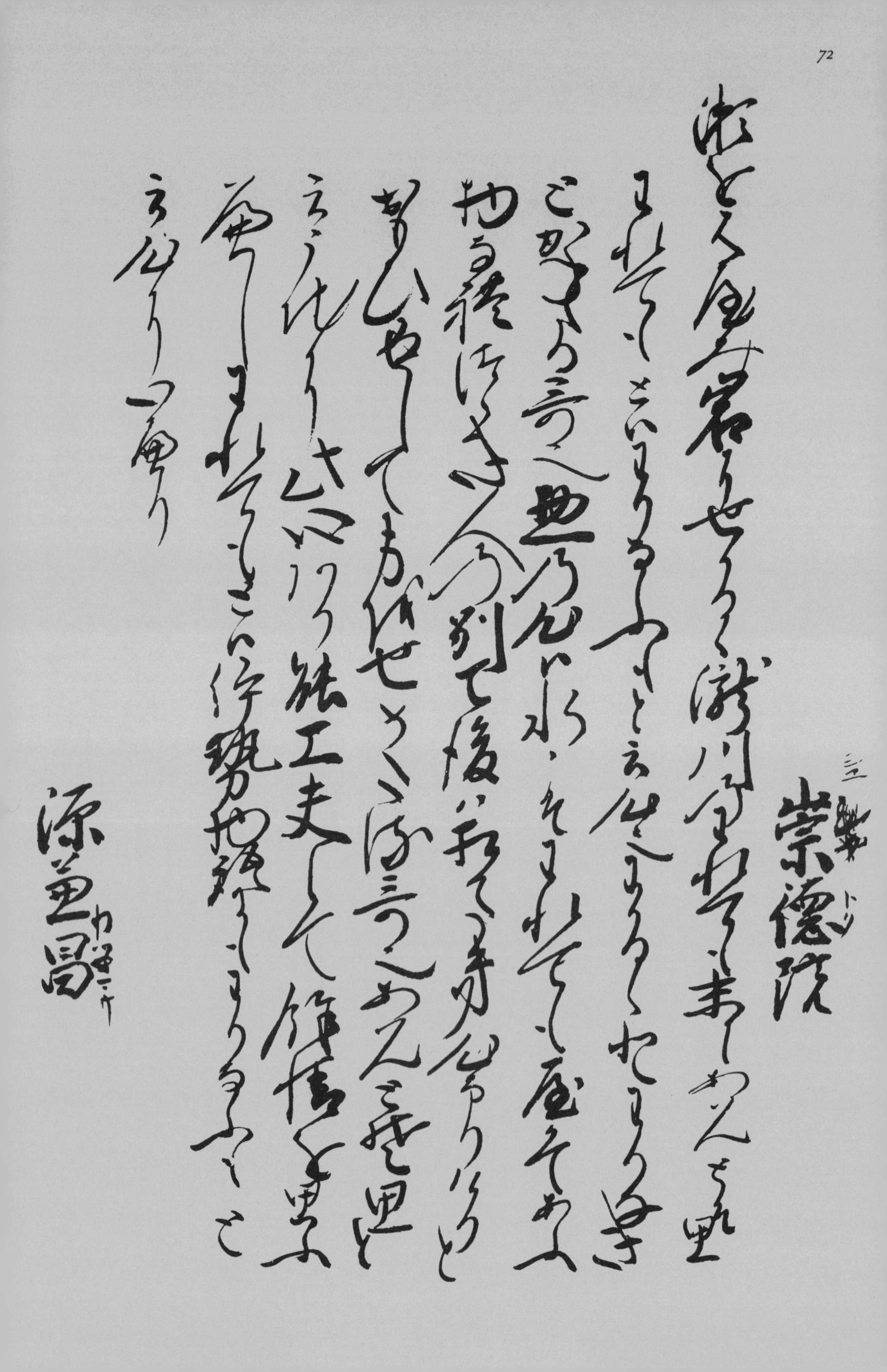

崇徳院

瀬をはやみ岩にせかるゝ瀧川のわれても末にあはんとそ思
ふ　せかるゝとはさゝへらるゝと云也　[illegible]
ごとくなる言へ世の人は水のわかれても又末にて一になる
物なれば[illegible]別て後は[illegible]
事もあるべきと[illegible]
云こゝろなり　[illegible]工夫して[illegible]
[illegible]さい[illegible]
云心なり一首なり

源兼昌

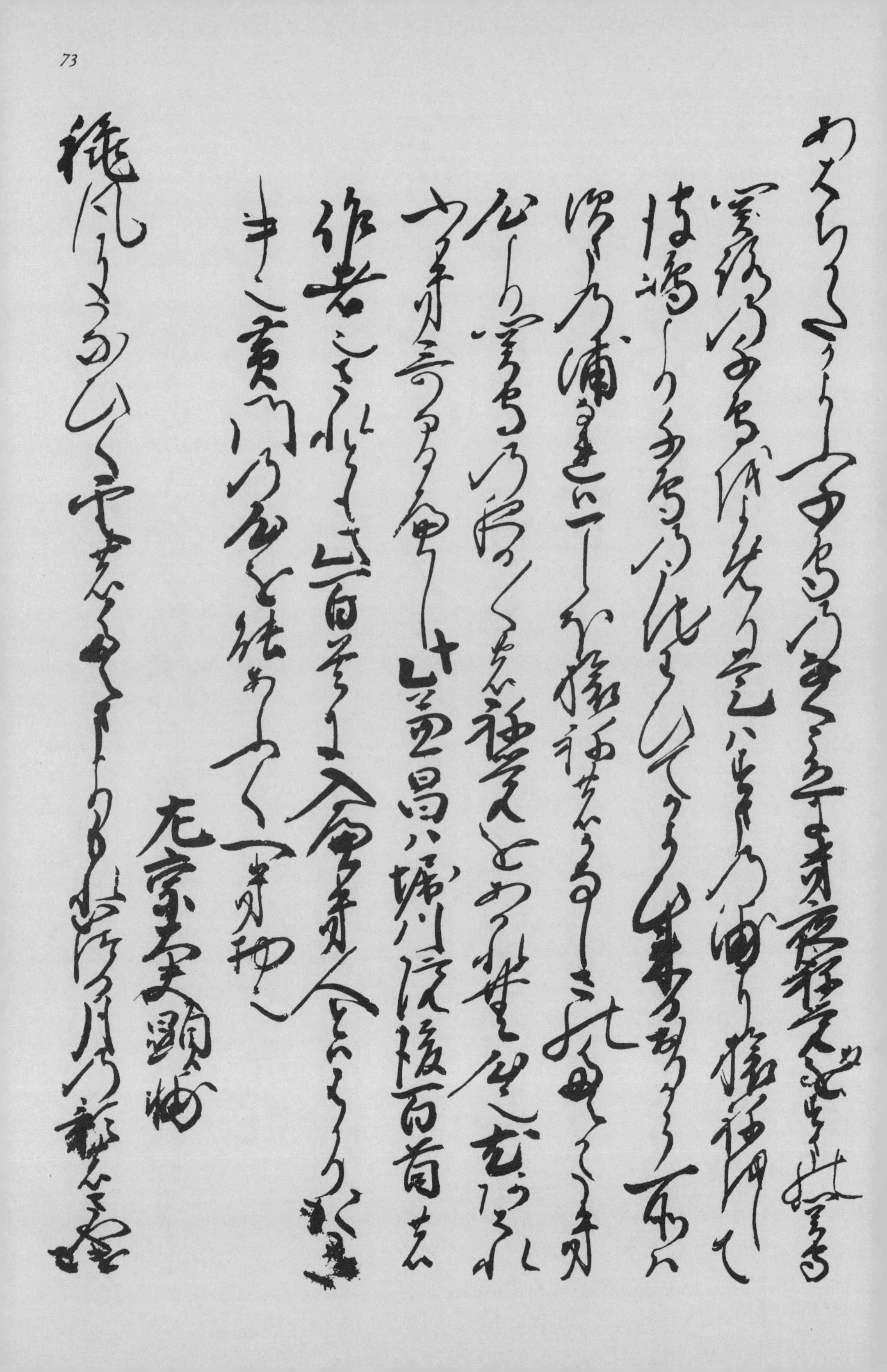

わかのうら[illegible]千鳥の[illegible]修理大夫顕季卿[illegible]

[illegible]

[illegible]

[illegible]

[illegible]

[illegible]堀川院後百首[illegible]

作者[illegible]百首[illegible]入[illegible]

[illegible]

左京大夫顕輔

穐風にたなひく雲のたえまよりもれ出る月のかけのさやけさ

世の之但さやけきと夢の八清見乃川乃成ゝらば
いハ悲しき心の丈を誘ひわかさにはやかにてまし
浮世の流れ之浮きて流れ見けり引き寄せ

待賢門院堀河

長からむ心もしらず黒髪の乱れて今朝ハ物をこそ思へ

髪ハ後朝乃言ちぎりとも人の末思ひかゝらさらん
心ミえても乱れける物を揺て思ひそふる色と
見るをも思ひまぬる心と女の言れる節也
ならぬ風情又詞のやり女らしき姿なりや

後徳大寺左大臣

郭公宇治の方に[illegible]し後は[illegible]遠山の月[illegible]

聴郭公と云題の心は待く時鳥の一声を[illegible]

て夏の夜は思ふとも[illegible]をと[illegible]

遠山の月かけに[illegible]時鳥[illegible]

待夜殊に思ひ入る時鳥の[illegible]

それまで心にしみて[illegible]

能因法師

思ひ入る命は[illegible]

[illegible]

[illegible]

わか思きハ代にて千代ハみちハわか命とさへ一つに堪忍
世のうき事ハ歎(?)きとゝもこそしれ常く忍こ

皇太后宮大夫俊成

世乃中よ道こそなけれ思ひ入山乃おくにも鹿そなくなる

色ゝ世乃中のうき事を厭ひ捨てゝハと思入山乃おくら鹿
乃悔あり[illegible]常に化すくも[illegible]て山乃おくにも世の中
事ハわかまゝと思ひて世の中よ世の中も命
き道こそなき遁世とうらみけく世の[illegible]たゝあるい
かくらんやハと思ひよりあの儀それ賢人ハ宮よ
いそくも文化よ先斗りにて侍るし

藤原清輔卿下

さる魚ハ文字ろやうなりけり今もそれ今ハ悪哥
筆を二明こたる世の中此今ともめきし様属
とうあそ思へ言を鍛も寄掛しそへのささ教
識の子よりけるる魚しらハことうとけそて
乱りもくもて意屋会の方〇書之文義とてうれ
せそて習ひ侍りきて一新の事ありて

俊恵（シユンヱ）法師

魔の世ろ抱望をよく明屋ぬ称見る侍きへつまを縁
乱ハ明之かく禅や乃侍きへつまをかりうと屋詞

能〃深く思ひ入て取れハ見て侍るやうにしま
しき物哀恨ある深し　かやうに身物哀の
ミの句をも彩して見る事思ひの道遠き心ある事ハ様を好
やの作をも心を作の心に[illegible]思ひ重ねし也

西行法師

歎けとて月やは物を思はする[illegible]かこちかほなる
月のみならず思ひ入る様ぞ涼しく月なれどもさしも心
よ物かなしくてそらに月の色をながめしみの[illegible]
きよと思ひ成てかくる事を手懐れの体なり
是西行も[illegible]風骨をよく[illegible]やうの[illegible]

ことなるの夜し

寂蓮法師

むら雨乃露もまたひぬ槙乃葉に霧立のほる秋乃夕暮

霧とおもへハ木乃葉なりけりむら雨なりけり過

り又露乃をのこして霧の立まよひたるに

気色をふくみて秋のおもしろき夕暮の風情を

述へられたる歌也雨の名残のいさゝか

此太山の梢にハ雨のなこりの露さそ

その梢ハ槙の葉ハ太山ニあり梢のみなり

村雨のしきてきらくやしそさま木の葉なる志なり

そうなりて常の忘れかたき面影を残し思ひて
識りおりふしにつけてしく〳〵あはれさ方此歌へ
寄けるにや業平の心に叶へる哉

皇嘉門院別当

難波江乃蘆乃かりねのひとよゆへ身をつくしてや恋わたるへき

是ハ旅宿にて逢恋の心也難波江乃蘆乃かりねハ
てうある事なりとて恋をうき思ひそめしより[illegible]
身のうきを思ひしりて一夜のかりねの旅寝人と
きこえ[illegible]身をつくしてやと恋わたるへき[illegible]
仮そめの人の旅寝を思ひそめ見る[illegible]

式子内親王（シヨク）

玉乃緒よ絶ねハ絶ね命なからへハ忍ふる事のよハりもそする
心ハ君か方より思ひ初しそのかミかく
下ハこゝろに恋忍ふ事色よりこそ七先人に思
まして玉のをよそへて命ハ絶とも命のなかきハ
いかなる恋やもと忍ふ色のまよひも
をするの詞おしくも侍し

殷富門院大輔

見せはやなをしまのあまの袖たにもぬれにそぬれし色ハかはらす
色いそ月乃雨雲袖ハぬれにそぬれし色ハかはらす

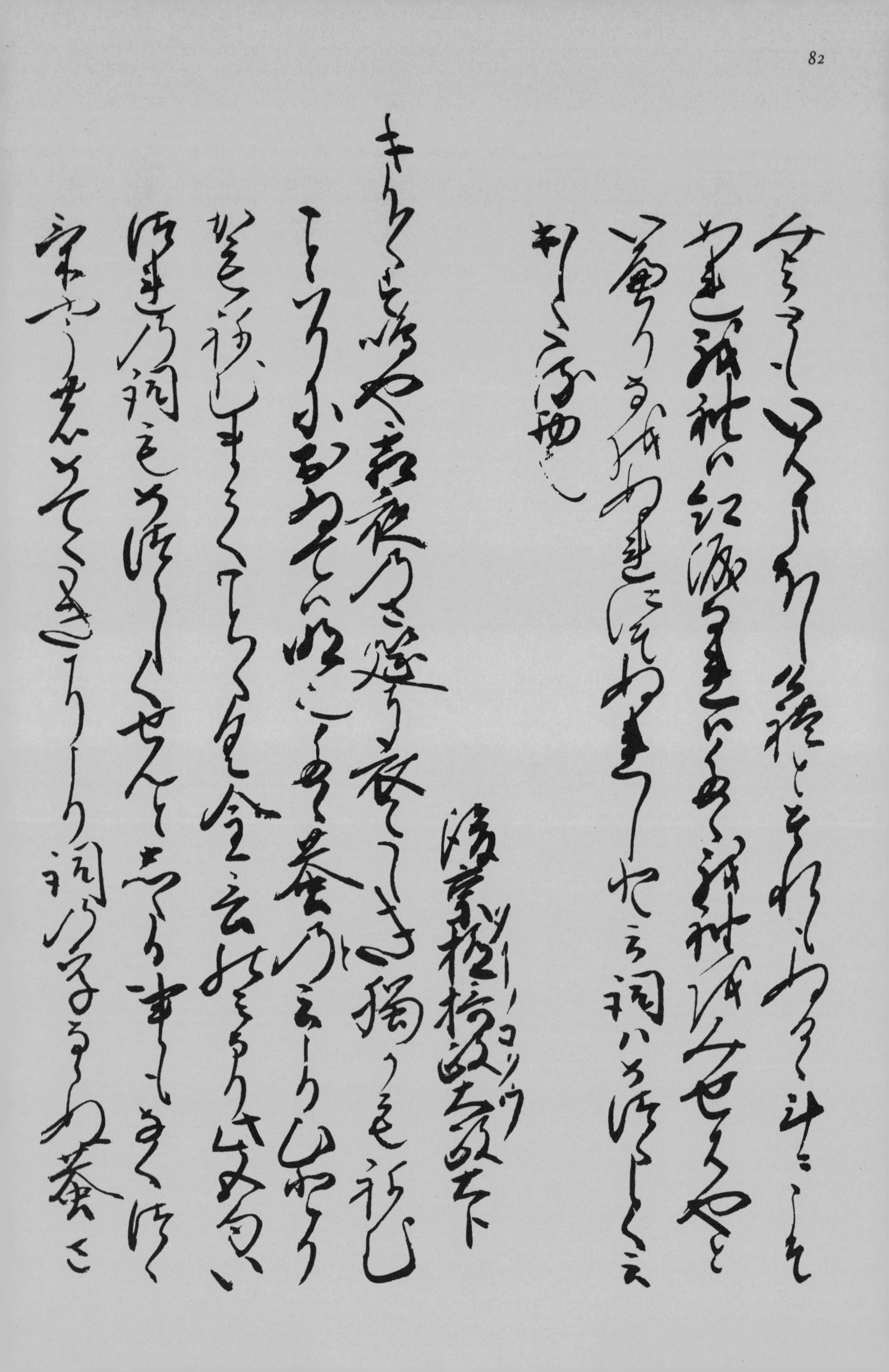

仕立てし又それ紅梅とされし汁にこそ
[illegible]紅深きハ無く[illegible]色々やと
[illegible]や云詞ハなつかしく云
判して予地し

後京極摂政前太政大臣

きりぎりすなくや霜夜のさむしろに衣かたしき獨りかも寝ん
[illegible]
[illegible]
[illegible]
[illegible]

逢ことハなよきこえ給ふ之時なら有れとの心ありと
とことしけるや

二条院讃岐

我袖ハしほひにみえぬ沖の石の人こそしらねかはくまもなし
寄石恋をといふ題にて我袖の濡ことハかはく事なく
思ふゆゑ我身の程を何よ思ふ人もしらぬ事
としらひりそれおきの石とくらへて云る之心
のこと云振ほくしてかしうて面白也作者
南海の女房の中に定家卿て撰らる云しみ

鎌倉右大臣

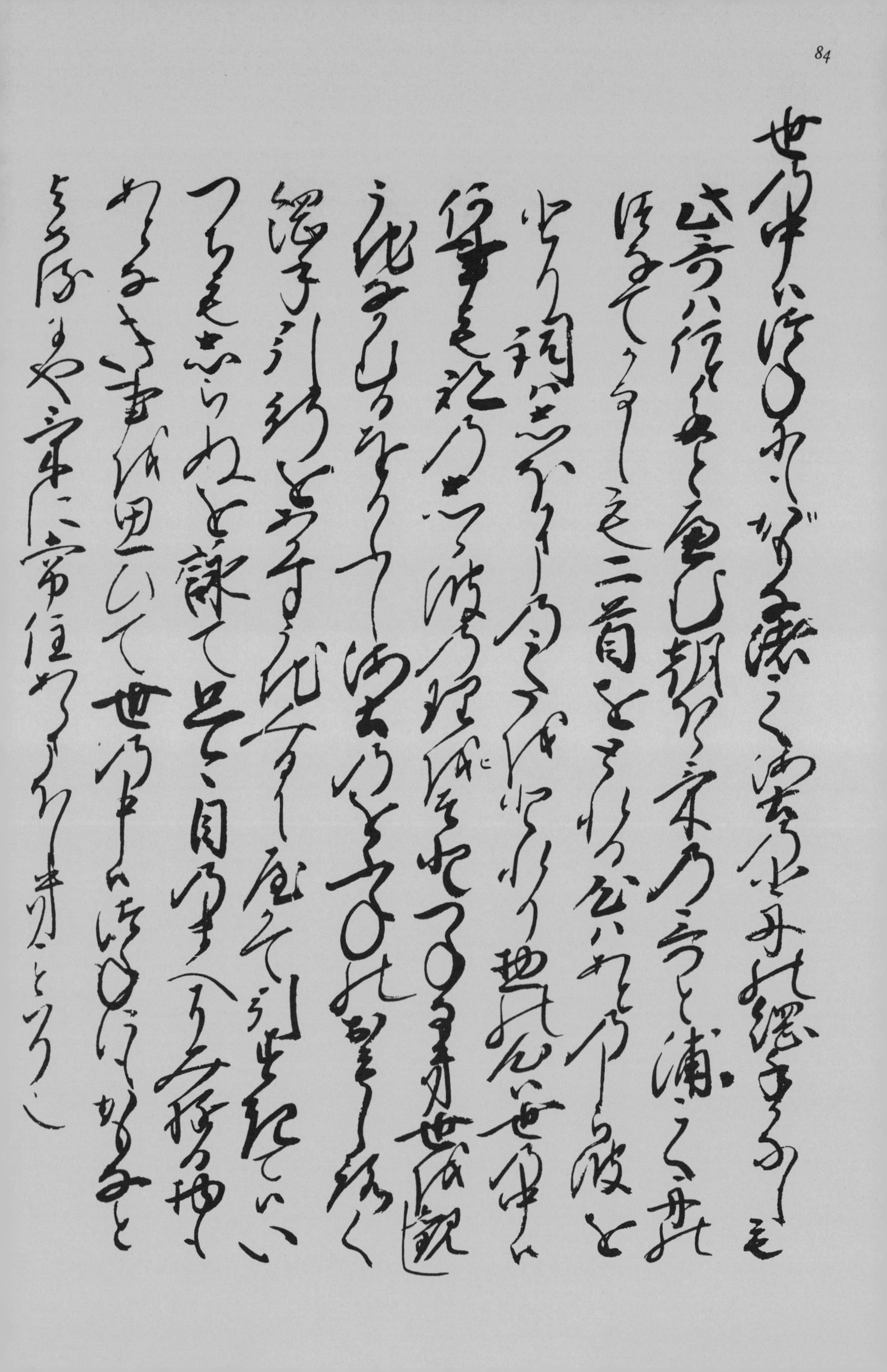

世乃中ハ何か[illegible]淵く[illegible]と
云ふハ[illegible]
[illegible]二首を[illegible]と
此り詞[illegible]世乃中ハ
[illegible]
[illegible]
[illegible]
つら[illegible]ぬと詠て[illegible]目乃[illegible]
[illegible]思ひて世乃中ハ何か[illegible]と
[illegible]や[illegible]常住[illegible]

参議雅経

今より野乃八山の梶風さ夜更て庭の月

道ハ山にかよふ雪の所とそかし百卿ほしく成ぬる

ありし世よりも古今乃言をさまざまに心はたかく

宮乃御司所ひ拂りしてまれ感得あやうなるを

こころにもあきけ信あさいてはすゑ人暮情にかな

疫なき子乃祠所ひまありしゆ今井ゆきれ

前大僧正慈円

ありしをまてしれ世乃民ゆ難きたゞまつ楽乃祀

うき世乃民よありし延喜乃代々乃仏を思ひて一切衆生

乃色乃法衣と覆ふとのたまふ也覆字おほくハ平
下乃仏之民と云字覆くハ延暦乃座主職之故ハ
それ二所生乃まもる色し和尚乃照公十二時中
さ我ハ安之みする義

入道前太政大臣

花さそふ嵐乃庭の雪ならてふりゆくもの物ハ我身なりけり
色ハちりてそくるもの雪ハさ津まる物やけ色
とへのいりとも花雪遍と雪とからくてゆめ
雑人色多く雪色も雪のあり
ふりゆくも物ハ我身なりけらとしゝ也世ゝ付花きゝ

権中納言定家

あはれとすまの浦なれば今年よ焼やさしかりし風涼しく涯
来あはれと松帆の浦とハ昔此事こゝに侍るを千すや侍らん
年もとまりし所の波の風にしき年々をといひしかは名もね柿
ことならぬ人ハ我思ふ身ぞ撰つき海切なるあさはかなる入魚の
之松帆乃浦に塩焼す八万葉乃長哥なる集れ紀り
理乃云ふにあはれを書帆せし浦乃本にさしにて云
尾くやさしかりしとひ給て十年あまりこの松は尤侍
とて又我此詞つゝひこ喜門ハ乃名に出きてさぶる昔
よの響らるゝ上ハ思ふへき所に行らんや十年あまりに眼と

行くへもしらぬときにしる命なりけれ

従二位家隆（かりう）

風そよぐならの小川の夕暮は禊ぞ夏のしるしなりける

此門よ今の清水の如く八方の紫より此まで命し但ハ

かの小川と奈良の葉のそよぎて川辺の夕

暮の涼しき秋のやうなれども禊してこそ夏とはいはん

とて川隈に夏の果を季の識によそへける詞をもて

深く表はしてこそ作られたる詞なりけれしるしける

此歌も七百首にも新勅撰にも入らず今に作る也

いかなる詠みにてもいへども思ひつきぬ詞なり

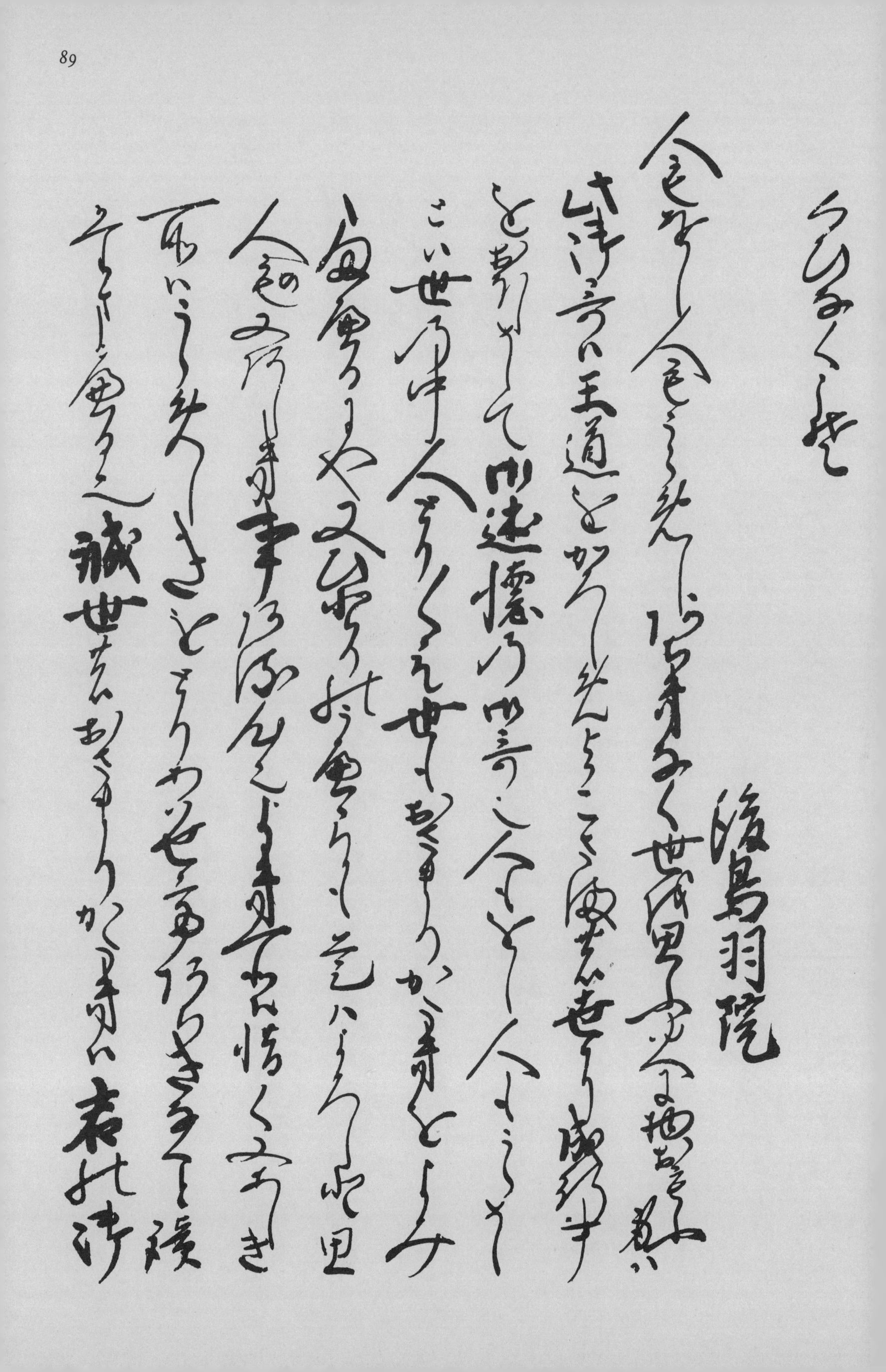

[illegible]

後鳥羽院

人もをし人もうらめしあちきなく世を思ふゆへに物おもふ身は

[illegible]王道を[illegible]御述懐の御哥也人もをし人もうらめし

こい世の中人を[illegible]世[illegible]

[illegible]

[illegible]

[illegible]

[illegible]世[illegible]

物をひとつ守事の道を得らん

須陀洹

ことさきやう寺の掃除せしめ薫掃けり昔ありける
もろこしきやうと沈めらる女学人ゝ三十年やと
仏家やうとこそおかしかりけり九人ありせ
然玉ゐのとき捨くとて寺勧めて儀
妻の世よる従はむりしと思ひなさむとかしひろめて王
をおとろえて一年法会すと天下
万民のやさしき従は志ふかひていふなる身儀なりけり
ありし故をと宣旨つきけしはむらと巻はの四

歌ハいつれも王道乃心をよみあらハす事ありと志
同よ上古乃風也南無阿弥陀風と北ちさく
長之侍

應永拾三仲夏下旬　藤原満基

『御所本百人一首抄』解題

久曽神　昇
樋口芳麻呂

解題

一、書誌

本書は、宮内庁書陵部蔵（図書番号「五〇一・四〇六」）、室町中期ごろ書写の楮紙袋綴一冊である。縦二三・三糎、横一六・一糎。鈍青緑色の鳥の子表紙の左上隅に、「百人一首抄　応永十三年写」の外題が打付書にされている。遊紙は前後各一丁、墨付四六丁で、本文は第二丁表から始まっている。一面一〇行。和歌は一行書で、作者名は歌高の三分の一ぐらいの高さから下に、歌の注は、歌高より一、二字分低くしるされている。初めに序（第二丁表から第三丁裏まで）、次に百首の注（第四丁表から第四七丁表まで）が列記され、注のあと数行分をあけて、

応永拾三仲夏下旬　　藤原満基

とある。福照院関白二条満基は師嗣の子、良基の孫。応永一七年一二月二七日に関白左大臣のまま没した。享年二八歳。本書を書写した応永一三年は二四歳、内大臣であった。満基はこの年精力的に歌書などの書写に努めており、本書のあとも、六月には拾遺集を、八月には藤原兼実の日記玉葉を、九月には新古今集を書写し、奥書を付している（大日本史料応永一七年一二月二七日の条・小島吉雄氏『新古今和歌集の研究』）。本書には片仮名によって漢字に訓が付されている場合があり、また、「三条院御製」「皇太后宮大夫俊成」の作者名や、殷富門院大輔の「インフ」の付訓のように、別筆による補入もわずかながら見いだされる。

二、本文

1

本書（以下、満基抄と呼称しておく）を、宗祇抄といわれる百人一首抄諸本と比較することによって、本書の本文の特徴や伝本間における位置を明らかにしておく。

宗祇抄諸本には、文明一〇年、延徳二年、明応二年、明応五年、明応七年の宗祇の奥書などを有するものと、そのような年記を欠くが一応宗祇抄と考えられるものとがある。

まず、文明一〇年本であるが、宮内庁書陵部蔵「鷹・一三八」本（題簽「百人一首宗祇法師真跡註書之写　全」。一冊）が、宗祇の筆ではないが、精確な模写と考えられるので、これに拠って考察することとしたい。この本は注の末尾に、

右百首は、東野州（于時左近大夫）にあひ奉て、ある人文明第三の年発起し侍し時、予も同聴つかふまつりしを、其比、古今伝受の中はにて、明ならす侍るを、此度北路の旅行にあひともなひ、あらち山の露をはらひ、老の坂の袖をひく心さし切にして、しかも此和哥の心を尋給ひ侍れは、辞かたう侍て、ほの〴〵しるし侍る者也。しかれは外見努々ゆるすへからす。但、彼野州にあひ給ふ事侍らは、ひそかにみせたてまつり、なにはのうらのよしあしをきはめて、いせの海の玉の光をあらはし給ふへくなん。

宗　祇（花押）

文明十年夏四月十八日

宗観禅師

の、宗観禅師（宗長）に宛てた宗祇の奥書があり、その次の丁の表に、

右百首は京極黄門百人一首四半本奥名判あり。

右一冊　古筆了仲極札有之。

自然斎宗祇法師真蹟毛頭不渉疑論者也。

応需証之訖。

神田道僖　判

宝暦三年

仲冬中旬

丁の裏に、

安永五年

四月中旬　　平顕仲模写之。

としるされている。

次に、延徳二年本は、天理図書館蔵本（図書番号「九一一・二一イ一四一」。題簽は「百人一首抄」。一冊）で、末尾に、

此一冊之聞書以愚本被写之。外見雖憚多、随藤原祐自命而令致許容畢。

延徳二年八月朔　　宗祇（花押）

の奥書を有する室町末期の写本である。

第三に明応二年本は、吉田幸一氏編『影印本百人一首抄〈宗祇抄〉』（笠間書院刊）に収められる元和寛永年中刊の一一行古活字版に拠らせていただくと、末尾に、

此一巻は、東野州平つねよりの家の説をうけて、れん〳〵くふうをめくらすところに、文明三に同伝じ

ゅつかふまつりしを、其比、古今伝しゅの半にて、明ならす侍を、旅行に相ともなひ、あらち山の露をはらひ、老のさかの袖をひき、和哥の心をたつね侍れは、なにはのよしあしをやはらめて、伊勢のうみの玉のひかりをあらはしたまひはんへるなり。

明応二年四月廿日　　　宗祇在判

の奥書をもつ本である。

第四に、明応五年本は、宮内庁書陵部蔵本（図書番号「五〇一・四二三」。外題「百人一首抄　宗祇注」。江戸中期写）で、末尾に、

右百首は、東野州于時左近大夫にあひ奉りて、ある人文明第三の年発起し侍し時、予も同聴つかうまつりしを、其比、古今伝受の央にて、明ならす侍を、此度北路の旅行にあひともなひて、あらち山の露をはらひ、老の坂の袖をひき、心さし切にして、然も此和哥の心を尋ね給ひ侍れは、辞しかたく侍りて、ほの〳〵しるし侍る者也。但、彼野州にあひ給事侍らは、ひそかに見せ奉り、難波の浦のよしあしをきはめて、伊勢の海の玉の光をあらはし給へくなむ。

于時明応五年八月十五日　　　宗祇（花押）

と、文明一〇年本と同一の奥書を有しながら、年記は明応五年八月となっている本である。

第五に、明応七年本は、島原文庫蔵本（図書番号「一三九―六一」。題簽は「百人一首抄」。一冊）で、田中宗作氏が「百人一首宗祇抄に関する覚書」（『百人一首古注釈の研究』所収）で紹介されている。巻末に、

晩景には所用之事候。御出あるへき候はゝ、只今のほと可然候。百人一首之事承候つる。今日より初度候。

明応七閏十月廿七日　　　自然斎宗祇

丸七郎殿　御宿所

百人一首聞書借遣之候。御聞候時者哥のさまよく聞召候へく候。やかて今日より御うつし候へく候。ひるは待申候へく候。料紙一帖令遣申候。恐々謹言。

後十月廿八日　　自然斎宗祇

丸七郎殿　御宿所

天文廿四年五月十三日　書之畢

の明応七年の宗祇書状二通を付載する。延徳二年本の増補本と考えられる(注)。

第六に、宗祇の奥書は見られないが、満基抄に近似する注意すべき本として、宮内庁書陵部蔵「百人一首祇抄」(図書番号「二六六・六一七」。室町写。以下祇抄本と呼称する)を挙げておきたい。祇抄本は、末尾に、

宗祇法師の抄云々　(花押)

の奥書を有する本である。

2

さて、満基抄と宗祇抄の文明一〇年奥書本とを比較すると、多くは歌の注が一致するか、もしくは小異があるにすぎないが、少数の歌は、注の本文にかなりの出入、増減があり(A)、また少数の歌は、同趣のことをしるしているにしても、記述に大差がある(B)。いまAのケースのうち、注の末尾に生じている出入に留意すると、次の諸条は、文明本には見られなくて、満基抄の方に存する本文である。

(1)　此哥を取て大井川かはらぬ井せきをのれさへ夏来にけりと衣ほすなり、定家卿、此哥は井せきにかゝる浪を衣といへる、此等にて可得其心也(持統天皇の歌の注の末尾。本書八頁2行目〜4行目<以下、本書からの引用は、八2〜4というように、頁数を漢数字、行数をアラビヤ数字で示す>)。

(2) 此蝉丸、延喜の御子のよしいへる事、大に不可然。古今集に此人の哥いれり。是にてさとるへし。盲目といへるは見濁をはなるゝ儀也（蝉丸の歌の注末尾。一七2〜5）。

(3) たゝ舞の事をほめてかくよめりける也（僧正遍照の歌の注末尾。一九4）。

(4) 此哥のことからを能々おもふへし（中納言行平の歌の注末尾。二一9 10）。

(5) 吹からにとは別の心なり（文屋康秀の歌の注末尾。二六7）。

(6) 長明か我身一の峯の松風、此心也（大江千里の歌の注末尾。二七3 4）。

(7) 霜をも菊をもならへてあひしたる哥なるへし（凡河内躬恒の歌の注末尾。三一10〜三二1）。

(8) 定家卿はこれ程の哥よみて此世の思出にせはやとのたまひしとそ（壬生忠峯の歌の注末尾。三三4 5）。

(9) またきははやき也。詠哥一躰に前の哥をなをほめいへるなるへし（壬生忠見の歌の注末尾。四一5 6）。

(10) えやはいふき、えもいひかたき也（藤原実方朝臣の歌の注末尾。四九6）。

(11) あはれふかき哥也。一二句ことに無比類こそ（和泉式部の歌の注末尾。五二9 10）。

(12) 月にきほふは月にあらそふ心也（紫式部の歌の注末尾。五三7）。

(13) かくいへるうちに、人を忘るゝ物にやと、男にあたりていへる心也（大弐三位の歌の注末尾。五四9 10）。

(14) またふみもみすは、ゆきてもみぬ儀也。少文の心もあり。事書の使と云事によれる也（小式部内侍の歌の注末尾。五七4 5）。

(15) 猶よにあふ坂の関といふは詞の字也。古哥に此詞の字おほし（清少納言の歌の注末尾。五九9 10）。

(16) おもてはあしろの興なるへし（権中納言定頼の歌の注末尾。六一6）。

(17) かやうの哥は末代の人やすく思ふへし。たゝそのまゝなる所真実の道と可心得とそ（能因法師の歌の注末尾。六六12)。

(18) 又詞のくさりたくひなくや(待賢門院堀川の歌の注末尾。七四9)。

(19) うらむましき物を恨、なつかしかるましき物をなつかしかり、そのおも影にする事恋の道のならひ也。能々ねやのひまさへとうちなけきたる所を思ふへき物也(俊恵法師の歌の注末尾。七八1〜4)。

(20) 和尚の御心十二時中此外はあるへからすとそ(前大僧正慈円の歌の注末尾。八六34)。

(21) なを詞すかたたくひなくこそ(従二位家隆の歌の注末尾八八10〜八九1)。

一方、満基抄には見られなくて、文明本の方に存する本文は、

猶夕なきにといへる心肝心なるにや(権中納言定家の歌の注末尾)。

が見いだされるにすぎない。

次に、前述のBのケースのうち、注の本文に大差のあるものを五条ほど掲げると、

(1) 祐子内親王家紀伊の歌の注

ア 満基抄(六八4〜10)

此哥は、人しれす思ひありその浦風に波のよるこそいはまほしけれと云哥のかへし也。あたなみとは、あた人と云心なり。たかしの浜とは、かくれもなくきこえたるあた人と云儀也。かけしとは、契をかけしと也。かゝるあた人に契をかけは、かならす物おもひと成へきと云事を、袖のぬれもこそすれといへる哥也。心詞かきりなくいへる哥也。よはき所侍らす。女の哥にはおもしろくこそ。

イ 文明本

此心、たとへはあたなりといたう聞えたる人なれは、ちきりをもかけし、さらはかならす物おもひもありなんと、我心ををさへたる哥也。浪のえんにかけしやとも、袖のぬるゝともいへり。たかし

のはまは聞えのたかき心也。此哥又心こと葉たくみ也。女の哥に心なをよくすくれたるへし。

(2)　崇徳院の歌の注

ア　満基抄（七二3〜9）

われてもとは、わりなふもと云心也。わかるゝとわりなきとかねたる哥也。惣の心は、水こそわれてもやかてあふ物なれ、つらき人の別て後は相かたき心なりけりとおもひ返して、身をせめたる哥也。あはんとそ思と云うちに此心あり。能工夫して余情を思ふへし。われてもとは、伊勢物語にも、わりなふもと云心にいへり。

イ　文明本

心は岩にせかるゝ河はわれぬれと、かならす末にあふもの也。我中はさらにたのむかたなき物をわりなふも末にあはんとおもふは、はかなき事そとうちなけくよしの義也。われてとは、わりなふといへる心也。伊勢物語にもあり。わるゝとわりなきとをかねたる詞也。

(3)　道因法師の歌の注

ア　満基抄（七五9〜七六2）

おもひわひとは、さりともと思ふ人はつれなく成はてゝ、きはまり行おもひの心也。かゝるおもひには命も消うせぬへきを、さてもなをいのちはある物を、うきことに堪忍せぬは涙なりけりと、心をことはりてうちなけく心也。

イ　文明本

とにかくに人をいひわひて、かひなき身のほとなとをつく〳〵とおもひわひゐて、さても命はある物をと云心也。あさくは此五文字を見侍るへからす。下句は前をよくいひおほせてぬれはことはりはやくかなへる也。

(4) 藤原清輔朝臣の歌の注

ア 満基抄（七七3〜7）

心まことに明也。たゝ世の中の人たのむましきゆくゑをたのむ物也。此哥を観すへき物にこそ。人のため教誡のたよりなるへし。哥にはことはりをつめすして、心にもたせていへる、つねの事也。又か様にことわりをせめておもしろきも一躰の事なるへし。

イ 文明本

心はあまりにさる事にて、筆にあらはすにもをよはすそ侍る。行すゑをたのむ人、たゝ此ことはりを心底に染へくこそ。

(5) 殷富門院大輔の歌の注

ア 満基抄（八一10〜八二4）

心はをしまの海士の衣はぬれやうの物なれは、それをみよともいはまほしけれと、それもぬるゝ斗にこそあれ、我袖は紅涙なれは、たゝ我袖をみせはやといへり。なをぬれにそぬれしと云詞はめつらしく云出したる物也。

イ 文明本

あまの衣のひかたきをとりいてゝ、それもたゝぬれにぬるゝはかりにこそあれと、我紅涙をなをさりと人やおもはんと打なけくよしにや。

以上のＡＢのケースにおける、満基抄と文明一〇年本の本文の比較からすると、満基抄の方が、文明本よりと、ひどく相違している。

り注の末尾が増補されている場合が多く、したがって満基抄は、文明本より後出で、文明一〇年以後に宗祇が、文明本をもとにして増補改訂を行なった本とみられそうである。しかしそのような考え方は、満基抄の奥書によって拒否されてしまう。満基抄に存する応永一三年の満基の奥書は、満基抄の本文が文明一〇年本よりも七二年以上も前に既に成立している事実を物語っているからである。満基抄の奥書の年時が、宗祇抄の成立よりはるかに先行することを指摘されたのは、有吉保氏である（「百人一首宗祇抄について——その著者を論じ百人一首の撰者に及ぶ」〈「語文」第一輯。昭和二六年一月刊〉）が、貴重な御指摘であった。満基の奥書が疑わしいものなら、満基抄を宗祇の抄の後稿本と見做すこともできよう。しかし、既述のように、満基は応永一三年には他の歌書も書写しており、とくに疑惑を抱かせるような点はないのである。

内容に増補の認められる満基抄の方が、かえって文明本より成立が早いという事実を説明するためには、われわれは、次の図、

百人一首古抄（某人撰）─┬前稿本──文明一〇年宗祇抄
　　　　　　　　　　　　└後稿本──応永一三年満基抄

のように、満基抄、宗祇抄に先行する某人撰の古抄の存在を考え、しかもその古抄自体に前稿本、後稿本と、二種の伝本が存したと推定すべきではなかろうか。

百人一首古抄（某人撰）─┬────────文明一〇年宗祇抄
　　　　　　　　　　　　└古抄改訂増補本（後人撰）──応永一三年満基抄

と、文明本の祖本のみを古抄と考え、満基抄の祖本は、後人が古抄を改訂したものと推測することも可能ではあるが、満基抄、文明本の注の多くは同本文で、相違する部分も、別人の撰を想像せねばならないほど見解に矛盾や違和を感じさせないという点からすれば、同一人の撰した古抄に前稿本・後稿本（前稿本を改訂増

補したもの）の二系統が存したとみておく方が穏やかなように思われる。

喜撰法師の歌の注の末尾を見ると、文明本は、

秋の月を見るに暁の雲にあへると書る事、師説をうくへし。

とするだけなのに、満基抄は、

秋の月を見るに暁の雲にあへるとかける事、終夜晴たる月俄に雲のかゝりたるを、はしめおはりたしかならすとはいへり。しかも此雲かゝりたるさま、なをかすかにおもしろき所あり。是にて此哥の心を思ふへし（一四6〜一五1）。

と詳述している。当初は「師説をうくべし」と秘したのを、考え直して、詳しく説明することにしたのであろう。また、後徳大寺左大臣の歌の注の末尾は、文明本では、

おも影身にしむやうにそ侍る。拙者おろかなる心にまかせておもふに、郭公の哥にはこれにまさる侍らしかし。

とするしているのに、満基抄では、

おもかけ身にしむやうにて侍さま、能思入て見侍るへし。時鳥の哥はいろ〳〵に心をくたきて、しかも心つくしたる所かきりなくこそ（七五4〜6）。

となっている。当初の素朴な感想を削って、威厳をもって説いているのである。文明本が古抄の前稿本、草稿本の内容を伝えるのに対し、満基抄が古抄の後稿本、精撰本の内容を伝える事実を意味するのであろう。

3

次に、延徳二年本と満基抄との関係を見てみよう。延徳本は満基抄に比べて、

(1) 相模の歌の注の末尾に

一首のうちにたとへをとりてよめる哥也。
の文を含んでいる。

(2) 道因法師の歌の注の末尾に、

一首のうちにたとへを取てよめる哥なり。
の文を含んでいる。

(3) 権中納言定家の歌の注が、

ア 満基抄

来ぬ人を松ほの浦とは、昔の事には侍へからすや侍らん。なきとをけるは、波の風もなき夕なとは、しほやく煙もたちそへるを我思のもゆるさま切なるをよそへいへる也。松帆の浦に塩焼事は、万葉の長哥にみえ侍り、惣の哥は、こぬ人を松帆の浦のゆふなきにと云て、やくやもしほのといひつゝけ、身もこかれつゝ凡俗をはなれたる詞つかひ也。黄門の心にわきて此百首にのせらるゝ上は、思はかる所に侍らんや。しきりに眼を付て、其心をさくり知るへきにこそ（八七3～八八1）。

イ 延徳本

此浦にもしほやくとよめる事は、万葉の長哥に、朝なきに玉藻かりつゝ夕なきにもしほやきつゝといへるをとれり。此哥は、建保建仁の哥さまにはかはりて、古躰なる哥なりとそ。惣の心は、こぬ人をといへるよりはかなう心つくしたるさまみえて、心も哀に、詞つゝき玄妙にして、限なきさまにや。或説に、夕なきとをけるは、舟にてくへき人をまつ心ありといへり。以外つたなき事なるへし。夕なきは本哥の詞なるうへ、思ひの煙のたより、哀ふかくや侍らむ。
と相違している。

(4) 坂上是則の歌の注の冒頭が、

ア 満基抄

此哥は彼地の時の眺望と見侍るへきなり（三三8）。

イ 延徳本

此哥は大和にくたりし時よめり。眺望とみ侍へきなり。

と相違している。

(5) 満基抄には、中納言行平の歌の注の末尾に、

此哥のことからを能々おもふへし（二一9 10）。

とあるが、延徳本には見えない。

の点で異なっているほかは、満基抄の誤脱かと思われる箇所を除けば、大きな本文の差異はほとんど見られず、延徳本が古抄の後稿本の系統に立つ伝本（すなわち満基抄と同系統本）であることは明らかである。ただ注意しておきたいのは、前掲のように延徳本奥書には、「此一冊之聞書、以愚本被写之」としるされている。宗祇は、文明本（古抄前稿本）とは系統を異にする本も「愚本」として所持していたことが察せられるのである。

4

第三に明応二年本であるが、満基抄に比べると、歌の注の末尾に、満基抄にはない、

(1) ゐんき九歳にてそくゐ、十七年よりこきんの事はしまる。其時は、御門ひしやくにおはしますうへ、御子にあらさるたんもちろんなり（蟬丸の歌の注末尾）。

(2) 五せつの事、天ちてんわうの御時、よし野へ天人あまくたりて、五たひ袖をかへしてまひしなり。

これよりおこれり（僧正遍照の歌の注末尾）。

(3)　此かは、すゑ桜川へおつる。みねよりは真砂の下をとをりて、河共見えす一たゝへつゝなかれて、すゑかはとなるなり（陽成院の歌の注末尾）。

(4)　古今にはみたれんとおもふとあり。伊勢物かたりにはそめにしとあり（河原左大臣の歌の注末尾）。

(5)　かみ代にはありもやしけん桜花けふのかさしに折れるためしは、同心なり（業平朝臣の歌の注末尾）。

(6)　恋に初中後あり。此哥は、恋のおはりの心なり（伊勢の歌の注末尾）。

(7)　此歌やすく聞えたるなれとも、その心くらふして、心ふかき哥なり（権中納言敦忠の歌の注末尾）。

(8)　ことさらにくつるなとはあくめやうなり。六義にいふたとへ哥也。うらみわひとは聞えたるふん也。袖こそくちぬへきに、名のくつる事をなけくなり（相模の歌の注末尾）。

(9)　かくあり〳〵とよみ出す事、其身の分骨也。たつ田河もみち葉なかるの哥の類なるへし（能因法師の歌の注末尾）。

(10)　此うたをあさく見るへからす。恋の歌のせっかくの哥とそ（道因法師の歌の注末尾）。

(11)　ことに又おもひいるに二つの義あり。世はかなしきものとおもひいる、又身ははかなきものとおもひ入と二也（皇太后宮大夫俊成の歌の注末尾）。

が増補されており、一方、満基抄に存する、

(1)′　古今の間に独歩すといへる此ことはりにや（柿本人丸の歌の注末尾。九6 7）。

(2)′　此哥のことからを能々おもふへし（中納言行平の歌の注末尾。二一9 10）。

がみられない（但し、(1)′は、文明本・延徳本・明応五年本・明応七年本・祇抄本にも存しているので、明応二年本の脱落の方が可能性が強い）。

以上からすれば、明応二年本は、満基抄と同系統本ではあるが、満基抄よりは後稿で、増補の手が加えられているというべきであろう。

5

第四に、明応五年本は、文明一〇年本に追補を行なったものである。すなわち、一〇〇首中五八首までが、文明本の本文をしるしたあとに増補を行なっている。いま前掲の文明一〇年本の上掲文と比較できるように、祐子内親王家紀伊の歌の注を引用すると、

此心譬はあたなりといたう聞たる人なれは契りをもかけし、さらは必物思ひも有なんと我心を押たる也。波の縁にかけしや共、袖のぬるゝ共云也。たかしの浜はきこえの高き心也。此哥又心詞たくみ也。女の哥に心猶勝たるや。〈以上文明本の注〉定家卿あた波の高しの浜のそなれ松馴とは何の色か忍はん〈明応五年本の追補部分〉。

と、末尾に定家の歌が補入されている。いま文明本と同一の本文の末尾に追加されている増補の部分のみを三条ほど掲げてみると、

(1) 冬の哥也。天の事をいふ也。霜天にみつと云心を読侍るなり。獣を天地に取時、鳥は天也。此一条殿御分別なくて、飛鳥井殿へ御尋あり。よく御思案有てと申され、当座に申されすと也。又、東山殿御思案に不伏之由、浄光院に仰らるゝと。　鵲のわたすやいつこ夕霜の雲ゐに白き嶺のかけはし　家隆（中納言家持の歌の注末尾）。

(2) 蟬丸を延喜の御子たる由申事は、無其儀事也。行衛しらぬ人なりと申伝侍る也。仍古今は延喜十六年の年撰らるゝ也。時分も其儀ありかたき也。蟬丸は、大得法の人とそ。相坂の関のほとりに住給て、上下の人行もかへるも、知もしらぬも別行躰、会者定離、此界の躰を観念して読侍るなり。関と

云字をとをす共、まぬかるゝ共読也。　相坂や関の庵りのことの音に古き梢の松かせそふく　相坂の嵐の風は寒けれと行衛しらねは侘つゝそふる　逢坂の関の嵐のはけしきにしゐてそゐたる世をすくすとて（蟬丸の歌の注末尾）。

(3)　キンタウノ卿、大覚寺にてよめる也。此所はむかし仙院にて、滝落し、庭のなかれもきよめたりし所なれとも、今はあれはてゝ、其跡しも見えす、あはれなる事をよめる。其名はかりは今もあるとなり。

音冷しき山のした水

滝殿にはやくの跡をひとりみて　宗祇句、如此也（大納言公任の歌の注末尾）。

右の例からも知られるように、明応五年本は、文明本のあとに独自に注を加えたものであり、単に満基抄にあって文明本にない部分を付加したものではない（たとえば、文明本と満基抄とで注に大差のあるものを五条ほど前に掲げたが、うち、祐子内親王家紀伊の注――前掲――を除く崇徳院・道因法師・藤原清輔朝臣・殷富門院大輔の歌の注は、ただ文明本の注を掲げているにすぎない）。

6

さて、最後に祇抄本であるが、満基抄に最も近い本である。奥書に「宗祇法師の抄云々」としるし、題簽に「百人一首祇抄」とあるのも、宗祇抄と誤認したのだと考えるなら、満基抄の一本と認めても大過のないような本である。たとえば、前掲の延徳本の五条の異同箇所（定家の歌の注の相違など）、明応二年本の一一条の末尾増補箇所など、すべて満基抄と一致しているし、

(A)　周防内侍の歌の注の冒頭は、文明本・延徳本以下の宗祇抄諸本が、

事書に二月ばかり月あかき夜二条院にて人々物かたりなとし侍りけるに

とあるのに、満基抄・祇抄本は、

人に物語して侍けるに（六三10）

とある（すなわち、傍線部分の本文を欠いている。次の(B)(C)(D)も同様）。

(B) 崇徳院の歌の注が、延徳本・明応二年本・明応七年本では、

あひかたきを水のあへることくにあはむと思ふははかなき心なりけりと思ひ返して

とある（文明本・明応五年本は注に大差があって比較できない）のに、満基抄・祇抄本は

相かたき心なりけりとおもひ返して（七二5 6）

とある。

(C) 後徳大寺左大臣の歌の注が、延徳本・明応七年本（明応二年本も大略同じ）では、

心をくたきてよめるおほきをこれはたゝ巨細にはいはてしかも

とある（文明本・明応五年本は注に大差があって比較できない）のに、満基抄・祇抄本は

心をくたきてしかも（七五5 6）

とある。

(D) 皇太后宮大夫俊成の歌の注が、延徳本・明応二年本では、

うち歎心也。又世中よさてもみちはなき世かな、おもひ入山のおくにもうき事はありけりと思心也。世に

とある（文明本・明応五年本は注に大差があって比較できない）のに、満基抄・祇抄本は、

うちなけく心也。世に

とある。

なども満基抄と一致している。ただ満基抄の本文と比較すると、約二六〇箇所ほどの小異同が見いだされる（もちろん他の宗祇抄よりははるかに異文が少ない）。満基抄には誤脱が相当に存するので、祇抄本との異同も少なくないという事情も認められるが、これらの異同箇所を検すると、祇抄本の独自異文もあるが、多くは他の宗祇抄と一致している。したがって、満基抄と宗祇抄との中間に位置する――といっても宗祇抄よりは満基抄の方にはるかに近い――本と見ることもできそうである。いま序に例をとってみると、満基抄の序の末尾の、

定家の心をもさはりしるへきとそ説侍し（四８９）。

は、祇抄本では、

定家の心をもさくりしるへき事とそ師説侍し。

とあって、他の宗祇抄（文明本・延徳本・明応二年本――但し、「師説申侍し」とある――・明応五年本・明応七年本）と一致しているほか、祇抄本と満基抄とが相違する箇所のうち（上段は満基抄、下段は祇抄本）、

二５過分にす↓過分す
7覚へき↓さとるへき
二10此百首の↓此百首
四４諸義↓談義
5諸事↓よむこと
7二条の家↓二条家

などは、他の多くの宗祇抄と一致するのである。しかし、他の宗祇抄が満基抄と相違している（上段は満基抄、下段は宗祇抄の本文）、

一7「此集」↓宗祇抄「此集は」
10かきをき給ふ↓書をかるゝ
二4実↓実は
4花↓花は
8新古今集↓彼新古今集
9御後悔の↓御後悔の事
三2いり侍る↓いり侍り
7入らるゝも↓入らるゝは

などは、いずれも満基抄と一致している。

以上のように、祇抄本は満基抄に最も近く、満基抄の誤脱を正し得るものであるから、満基抄と祇抄本との異同をすべて掲げておく（但し、漢字・仮名の別、仮名遣いの相違などは省略する。上段は満基抄、下段は祇抄本の本文）。

1 二2 3「新勅撰る」↓祇抄本「新勅撰を撰る」
2 3此百首↓此百人一首
3 5集也↓集たり
4 5過分にす↓過分す
5 7一集〳〵↓一集〳〵
6 7覚へき↓さとるへき
7 10此百首の↓此百首
8 三2世の人↓世の人の
9 四1蜜せ↓密せ
10 4諸義↓談義
11 5諸事↓よむこと
12 7二条の家↓二条家
13 8さはり↓さくり

14 9とそ説↓事とそ師説
15 五3一説には↓一説は
16 8たう〳〵と↓たふ〳〵と
17 六1 2給ふし事あるは↓給し事あり
18 2御用心の事↓御用心の御事
19 3時すきたる↓時過る
20 6なき↓なきも
21 七10八1新古今集の夏↓新古今集夏の
22 九2あちわひを↓味を
23 10かきりなくして↓かきりなくしして
24 10心詞も↓心も詞も
25 一〇1心の↓心を
26 5玄妙↓奇妙
27 6いへるに↓いへる
28 6即妙の↓即妙
29 10成行。[て]は↓なり行て
30 一二3大事↓大事に
31 3あまり↓あまりに
32 9仲磨↓仲麿
33 一三2めうしう↓めいしう
34 3ふりあふのきて↓ふりあふきて
35 5此心↓此心は
36 7心↓心は
37 一四2いふ覧↓いふ也
38 9たしかならす↓たしかならさる
39 一五5我身↓我身の
40 7花のいろはうつりにけりなそと↓花の色はうつろひぬるよしとうちなけきてうつりにけりなと
41 8色はと↓色はとは
42 10詠ずる↓詠る
43 一七1開を↓関を
44 10出たるに↓出たる
45 一八6思ふを↓思を
46 6作者↓作意
47 8遍照↓遍昭
48 一九2遍照↓遍昭
49 7水↓水の

50 10御心に↓御心には
51 二〇5誰ゆへに↓誰ゆへにか
52 9ある心↓有心
53 二一2ことから↓ことはり
54 2能↓能々
55 4さま↓さまなる
56 二二5いへる↓いへる也
57 8へきにそ↓へきにこそ
58 二三4やうの事↓やうの
59 二四5そと↓とそ
60 二五2みほつくし↓みをつくしは
61 7いまこむと↓今々と
62 二六6当流↓当流に
63 6あらしといへり↓嵐といふといへり
64 7別の心↓則の心
65 9秋には↓秋に
66 二七1すゝむる↓すゝむ
67 4松風↓松風も
68 7御とも↓御使

69 10いふに↓いふも
70 二八1手向る↓手向
71 4三条大臣↓三条右大臣
72 二九5給ふに↓給ふ
73 三〇10されは↓されと
74 三一2へくそ↓へくとそ
75 8さかりなるは↓さかりなる
76 8たくひなふ↓たくひなく
77 三三4申されたる↓申されける
78 5とそ↓そと
79 9侍るへし↓侍るなるへし
80 三四3 4山川なとに落葉の↓山川に落葉なとの
81 5興にして↓興して
82 6いひなして↓いひなかして
83 10云出したる↓いひ出たる
84 三五5鳥群↓鳥の声
85 9高砂の↓高砂
86 三六2朋友↓明友

87 3物なれとおもへ↓物なれはと思へは
88 5云也↓いへるなり
89 10まうてつる↓まうつる
90 三七1後に↓彼家に
91 4なとは↓なんとは
92 三八3用にはなけれとも↓用はなけれは
93 8玉とは玉は↓玉は
94 9心は↓心
95 9 10所せはき↓所せき
96 三九3ふくみて↓ふくみて見
97 5ちかへてし↓誓てし
98 7ちかへたる↓ちかひたる
99 7心は↓心
100 四〇2序の哥↓序哥
101 8しのふれはいろに出けり↓忍ふれと
色に出にけり
102 四一5詠哥一躰に↓詠哥一躰には
103 9とあり↓とある
104 四二2たかいにの↓たかひの

105 5物を↓物も
106 8人めも↓人めをも
107 四三2侍らん↓侍らめ
108 10やうも↓やうそ
109 四四3とひたつぬ↓とひぬ
110 6人の↓人は
111 9をはおもほえてと↓をはと
112 四五3由良のとは↓由良のと
113 3所なり↓所なるへし
114 5恋路の↓恋の道の
115 10秋↓秋の
116 四六2世の人↓世人の
117 3あはれ↓哀に
118 四七2いはほに↓岩ほを
119 4こまやかに侍↓こまやかに侍にや尤
120 8きえ↓きゆる
121 10つゝむ↓つゝみ
122 四八1さるやくや↓さるへくや
123 8様なり↓さまも

124 8我心↓我心の
125 四九4思ひを↓思をは
126 五〇1くるゝと↓暮ゝけれ
127 4 5あけられ。は↓明けれは
128 8かゝる哥↓かゝる哥は
129 9あらはれて↓あらはれ
130 五二2思ふへき↓思ふへきの
131 3侍所↓侍る所を
132 5あふよし↓あふ事
133 7とそありける↓とあり
134 7いのちをも↓命も
135 7人をも↓人を
136 五三5よそへていへる↓よそへいへる也
137 五四1をノよめる↓によめる
138 2哥に↓哥
139 7とかめそと↓とかめそなと
140 10人を↓人をは
141 五五2までに↓までにの
142 3此哥は↓此哥

143 3ある人の↓ある人
144 4よめる哥也↓よめり
145 9見ぬ↓見す
146 五六4たはふれ↓たはふれて
147 7定頼卿↓定頼の
148 8兼の↓兼而の
149 9いはるへきに↓いはるへきを
150 10しりて↓よりて
151 10名誉↓名誉を
152 五七3侍ら↓侍る
153 4ふみもみすは↓ふみも見すとは
154 8人に↓人の
155 10春に↓春にも
156 五八3寄持↓奇特
157 9こゑ↓こゑに
158 五九1いひつかはしける↓いひつかはしけ
るに是は相坂のといへりけれはよめ
り
159 8思事↓思ふへき事

160 9あふ坂の関↓相坂のよに
161 六一 2宇治は↓宇治
162 3あさほらけの↓朝ほらけ
163 六二 8入をは↓入は
164 10侍るは↓侍
165 10ことく↓事と
166 六三 2花をも↓花も
167 3人↓人も
168 3古一条院↓小一条院
169 4やことなき↓やらんことなき
170 6惣↓惣の
171 7人程↓人の程
172 7事也↓なり
173 六四 3 4立入たると見れはさまあしく侍也
↓立入たるとは見へからす立入たる
とみれはさまあしくなる也。哥の心
は明也。いかにも幽にやさしく侍也
174 4 5出来する事ありかたきにや↓出来
事ありかたくや

175 7 8のそみての詠作↓のそみその頓作
176 9三条院御製↓三条院
177 六五 1立さらん↓位さらん
178 1おはしまして↓おはしまし
179 5誠↓誠に
180 6其心↓其心を
181 六六 1正風躰↓正風の躰
182 1哥は↓哥をは
183 2可心得↓心得べき
184 3良運↓良還
185 4詠れと↓なかむれは
186 5おなし心に↓おなしに心
187 6 7ゆかはやなと↓ゆかはやと
188 9かくいはす↓いはす
189 六七 2侍れは↓侍は
190 2とれる↓とれり
191 3深かるへしと↓ふかく侍へきに
192 6田家の秋風↓田家秋風
193 6まろ屋は↓まろ屋とは

194 8おとするを↓音すると
195 10心あるや↓心あるにや
196 六八7かけし↓かけしや
197 10所↓所は
198 10女の哥にはおもしろくこそ↓女の哥
には又心おもしろくこそ侍れ
199 六九6山おろし↓山おろしよ
200 七〇7秋も↓秋にも
201 9けれは↓けり
202 9前大政大臣↓前摂政大臣
203 10もれもれに↓もれに
204 七一4哥の↓哥
205 4金石↓金玉
206 8我舟↓是は我舟
207 8いつる↓いへる
208 9眺望↓眺望の哥
209 10にこそ↓とそ
210 七二3わりなふもと云心也↓わりなくもと
云心也。切なる心也

211 7能↓能々
212 七三1あはちかた↓あはちしま
213 1ね覚（ぬ）を↓ね覚を
214 5夜る〳〵の↓よる〳〵
215 5あかれむ↓あはれむ
216 七四2心かはれるあらたに↓心かはれりあ
したに
217 6人心の↓人の心
218 七五2待〳〵つる↓まちつる
219 6くたきて↓くたきてよめるおほきを
是はたゝ巨細にはいはて
220 七六4世の中に↓世の中よ
221 6山のおく↓山奥
222 7世の中に↓世中よ
223 10先たつ↓先思たる
224 七七10七八1詞心めつらしく↓詞めつらし
く
225 七八7月の前↓月前
226 9いへり↓いへる

227 七九6霧↓霧の
228 9心は槇の↓槇の
229 八〇1をりふし↓折しも
230 3つくしかたし↓つくしかたく
231 6旅宿にあふ恋↓旅宿逢恋
232 八一3忍ふあまり↓忍あまる
233 10ぬれやうの↓ぬれやまぬ
334 八二3 4云出したる↓云出たる
と
235 7莟の↓莟と
236 八三1したりを↓したり尾の
237 5寄合恋↓寄石恋
238 5よめり↓よめる
239 5事なく↓事なきと
240 7おきの石と↓奥の石に
241 八四2何と↓何に
242 3かなしも↓かなしもと
243 3とれる↓とれり
244 4 5詞はしほかまのうたをとれり。惣
の心は世の中は何事も↓何事も

245 10常住↓常住に
246 八五3山↓みよしの〻山
247 4とれる心也↓とれり
248 9杣の↓杣に
249 八七4なき↓夕なき
250 4波の風↓浪風
251 5よそへ↓よそへて
252 八八3なりける↓成けり
253 10さゆへ↓さるゆへ
254 八九6世の中↓世中の
の
255 8人も↓人の
256 10誠↓誠に
にも
257 九〇3草↓にも
258 8御うへ↓御うへのみ
259 10宣給へる↓宣へる
260 九一2 3かとそ侍し↓かはれる也よく思た
とるへしとそ侍し

7

満基抄には、転写間の誤写かと思われる箇所がかなり見いだされる。祇抄本の番号でいえば、4 10 11 13 43 64 84 122 177 233 237などの語は、宗祇抄の諸本も多くは祇抄本の本文と一致するから、満基抄の誤写と見るべきであろう。同様に、満基抄の、

(ア) 花のいろはうつりにけりなそと（小野小町の歌の注。一五7）、
(イ) いひつかはしける（清少納言の歌の注。五九1）。
(ウ) 立入たると見れはさまあしく侍也（周防内侍の歌の注。六四34）。
(エ) かとそ侍し（順徳院の歌の注。九一23）。

は、祇抄本では、40 158 173 260 のようになっており、宗祇抄諸本でも、

(ア)′ 花の色のうつろひぬるなとをうちなけきてうつりにけりなと（文明本。延徳本・明応二年本・明応五年本・明応七年本も、小異はあるが大略同じ）、
(イ)′ いひつかはしたりけれはこれは逢坂のといへりけれはつかはしける（文明本。延徳本・明応二年本・明応五年本・明応七年本も、小異はあるが大略同じ）。
(ウ)′ たちいれたりとはみへからす。たちいれたると見れはさまあしくなるなり。哥の心は明也。いかにも幽にやさしきすかたなり（延徳本・明応二年本・明応七年本。文明本・明応五年本は注に大差があって比較できない。しかし、「哥の心は明也。いかにもゆうにやさしき姿也」の文を含んでいる）。
(エ)′ かはれる也。よくおもひさとるへしとそ侍りし（文明本。延徳本・明応二年・五年・七年本大略同じ）。

とあるから、宗祇抄(ア)′(イ)′(ウ)′(エ)′の傍線部分は、満基抄が欠脱しているのであろう。本書（宮内庁書陵部蔵本満基抄）は、応永一三年に満基が書写した本を、さらに室町中期ごろに後人が転写したものと推測されるので、

転写の間に脱落させたり、誤写したりした場合が少なくないのであろう。しかし、前述の祇抄本の性格を論じた条に引用した(A)(B)(C)(D)の異同の場合、満基抄・祇抄本がともに傍線部分を欠脱させていると考えられる。してみると、応永一三年の満基の書写のときに、既にいくつかの脱落が生じたのかもしれない。そして、応永一三年当時、満基がまだ二四歳の若年であることを考慮すると、満基自身が百人一首の抄を撰したのではなく、既に触れたように応永一三年以前に成立していた百人一首の古抄（後稿本）を満基は転写したにとどまるのであろう。

三、撰者

百人一首古抄の撰者がだれであるのかは明確ではない。しかし、撰者は、

此百首は、二条の家の骨目也。以此哥、俊成・定家の心をもさくりしるへきとそ（師）説侍りし（満基抄四789。祇抄本で一部補訂）。

ふりさけみれはとは、ふりあふのきて見る儀也。但、当流には提てといふやうに心得也（一三34）。

山風をあらしと云に付て文字の儀を云は当流不用（二六5）。

当流の心はさも侍らす（七九7）。

とあるので、二条家の歌学を継承する人であり、

……拾遺は花実相かねたるよしをそ師説申されし（二6）。

此哥工夫すへきとそ師説侍し（三五7）。

なお此哥師説をうくへし（六一56）。

と、師説を尊重するとともに、

一集〳〵の建立を見て時代の風を覚へき事也（二7）。
新勅撰なとに此風躰の哥おほく入侍り。能々工夫をめくらすへし（二八10・二九1）。
心をつけて見侍るへき也（三三10）。
能景気を心にふかくみて侍るへき哥也（三九23）。
あまりてなとかによく心を付へし（四〇45）。
能々か様の所を見侍るへき也（五〇7）。
おもてはいかにもさら〳〵といひくたして、心に観心の侍所能々吟味すへし（五二23）。
かやうの事は天生の道と平生のたしなみとのいたす所也。道にたつさはらんともからは是を思ふへきにや（五八345）。

などと威厳のある口調で見解を述べる人である。したがって撰者は、歌の初心者ではなく、宗匠的歌人とみるべきであろう（そういう意味でも、若い満基では撰者に擬しにくい）。

井上宗雄氏は、『中世歌壇史の研究 南北朝期』（第七章）で、

以上、室町中期辺りまでの百人一首に関する文献は、満基・経賢・堯孝・堯恵（とその門流）すべて頓阿に溯る事に注意せねばなるまい。残った一つの問題、応永一三年満基奥書の注釈と、文明三年常縁↓宗祇の抄とが何故に同じものであるか、については、次の如き推測が可能なのではあるまいか。――満基から常縁へという直系的な伝流は考えられぬ。とすれば、或る一つの根元xから二つに岐れ、その各々が応永と文明と約七十年を隔てて現われたと考えるべきではなかろうか。まず各々の系統は、一は満基↓師嗣↓良基…↓x、一は宗祇↓常縁…↓xとなるが、このxは頓阿と考える以外にあるまい。

といわれ、また、同氏著『百人一首』でも、

応永十三年（一四〇六）藤原満基は百人一首の注釈書を書いた（これが満基の著か、既に成立していた書をただ写しただけなのか不明だが、恐らく後者か）。満基は、二条為定（為世の孫）とも、冷泉為秀とも、頓阿とも親交のあった関白良基の孫である。そしてそれから六十余年を経た文明三年（一四七一）連歌師宗祇は東常縁（東胤行の子孫であり、かつ頓阿の曽孫堯孝の弟子）から百人一首の講義を受けるのだが、その内容は満基のそれと殆ど同じである。このほぼ同一の両注釈は、応永十三年より前に某によって著わされたもので、それが満基と常縁（宗祇）とによって書写されたと推測される。その某は頓阿かその近辺の人のような感じがする。

と述べておられる。井上氏が推定されているように、古抄の撰者は、頓阿もしくは頓阿周辺の人物に求めるのが穏当であろう。ただ古抄の撰者を頓阿と考えた場合は、前掲の師説は頓阿の師の説ということになろうから、二条為世の説を受け伝えていることになろうか。

其躰に心をめくらして道のたゝすまひを思事とそ承侍し（五九89）。
如此事尤心中にこめて人にあらはすへからすとそ侍し（八12）。

とあるのは、師説を伝えているのであろうし、

苅穂の時もかりをとよむへきとそ（五4）。
能々よせいをおもふへき事とそ（六6）。
人丸の哥は心を本としたる哥とそ（九34）。
此哥は唐人のなこりをも、本より天の原をも、我が国の事をも能思入て見侍へき事とそ（一三8〜10）。
此哥を俊成の儀にあまりにくさり過てよろしからす侍るを、今かへりこむといひなかしたるところ幽玄なりとそ（三一6〜8。俊成に「卿」などの敬語が付せられていない点に注意したい。序の師説にも「俊成・定家

の心」とあって敬語が付せられていなかった。やはり為世が語ったことばであることを意味するのであろうか)。

などの「とぞ」とある部分にも師の説が伝えられているようである。古抄を頓阿の撰であり、師を為世とみるなら、序に「此哥は家に口伝する事にて、談義する事は侍らさりけれと、大かたのおもむきはかりは読事になれり。しゐては伝受あるへき事也」(四3〜6)とあるから、頓阿は為世から百人一首の歌について口伝を受けていることも考えられる。しかし、頓阿の抄と断定もできない。頓阿を師とする人が、頓阿の説を踏まえつつ、自説を展開しているとみられなくもない。

頓阿については、百人一首の頓阿の抄なるものが、「百人一首諺解」(九州大学蔵。他に伝本を聞かない)に引用されている。島津忠夫氏が「百人一首成立の背景」(「国語国文」三一巻一〇号)で紹介された。百人一首諺解は、武蔵国葛飾郡照応山学円寺に住む親阿が、宝暦六年(一七五六)冬に、頓阿の抄(「延文四年暮秋於于螢窓下　頓阿記之」の奥書がある)と、阪光淳の抄(「享保十九のとし卯月中の一日記し訖　稀齢翁光淳」の奥書がある)の説を併記し、さらに諸説、私見などを加えたものであるが、各歌の頓阿の注も、一箇所にまとめて掲げるのではなく分載されており、頓阿の抄の全文が精確に引用されているかどうか不安を感じさせる。そして、その内容は、いま、天智天皇の歌の注の一部を引かせていただくと、

頓公曰、上代の歌の風、疎句を以て心のつゝけるを専とす。是心を肝要に詠る故也。近代は詞を艶にたくめるゆへに、ふかく余れる哥希也、秋の田の五文字にいたみの心多し。世を思ひ人をしたふなとにも通ふへし。此文字かりほの庵のとのゝ字読たる故に心に述てかへし難し。然れとも、其心分明なり。かりほと庵と苫と三嘆、秋の田の五文字より味ひ余りたり。あらみとはあらくと云る詞に通す。古へのあらひと云る言葉也。秋はかなしきにかりの庵にありてさえ、袖のぬるるに、田の字、かりの庵といふに結ひて苅人を哀み給へる様に聞ゆ。刈田を苅とならは、田の

とあって、満基抄とほとんど関係がない。もしこの百人一首諺解が引く頓阿の抄が信憑に値するものなら、満基抄はもちろん頓阿以外の人の撰ということになろう。しかし、島津氏が角川文庫本『百人一首』の解題で、

拙稿「百人一首成立の背景」では、頓阿の抄の存在を考えて見たが、やはり疑点が多い。なお精査したい。

といわれるように、頓阿の抄とみてよいかどうかは疑念の残るものである（ただ右の頓阿の抄が、頓阿仮託の偽書であるとしても、親阿が偽書を作り出したのではなく、既に頓阿仮託の偽書が存在し、親阿はそれを頓阿の撰と信じて引用分載しているように思われる）。

以上、百人一首抄の本文・撰者について考察してきたが、あらためて伝本の系統を図示すると、

```
百人一首古抄（某人撰）┬古抄前稿本──文明一〇年本宗祇抄──明応五年本宗祇抄
                      └古抄後稿本┬応永一三年本満基抄
                                  ├祇抄本
                                  ├延徳二年本宗祇抄─明応七年本宗祇抄
                                  └明応二年本宗祇抄
```

となろう。

四、資料的意義

本書の資料的意義は、第一に、本書には、

応永拾三仲夏下旬　藤原満基

の奥書が付されているという点である。本書によって、百人一首の注は、応永一三年以前に既に成立してい

抄と考えられてしまったのではなかろうか。たしかに右の奥書が付せられていなかったら、われわれは、百人一首の古抄（某人撰）を想定する必要はなく、宗祇抄に第一次稿本、第二次稿本、……があったと考えればよく、師説はもちろん宗祇の師東常縁の説であり、百人一首の注の撰者としての宗祇の主体性も、既に述べてきたところよりはるかに高く評価できるのである。そして、伝本によって注の内容に多少の出入がある（たとえば延徳本の「権中納言定家」の歌の注は、文明本・満基抄・明応本とも相違する）のは、宗祇が何度も百人一首の講義を行なったり、百人一首の注を人に書き贈ったりした結果、語り口が変化したり、見解が深化したりしたためなのだと解すればよいことになろう。

しかし、本書には、応永一三年の満基の奥書が付されており、右のような考え方を拒否するのである。本書の奥書を疑うべき強固な理由（たとえば応永一三年には満基は死亡しているとか、明らかに他書に付せられた奥書で、百人一首抄本来のものではないとか）が存するならともかく、どうもそうした理由が見当らない以上、奥書の記載は、額面通りに素直に受け取っておくべきであろう。そして、本書の奥書を信憑するかぎり、百人一首の古抄に前稿本、後稿本の存在を推定せざるを得ないし、またその撰者に、頓阿もしくは頓阿周辺の人を擬したくなるのである。本書の奥書は、百人一首抄研究上、大きな意義をもつものであるといえよう。

第二に、本書が古抄の後稿本（前稿本と違って撰者の決定稿というべきものである）の系統を引く善本である点が挙げられる。本書にはたしかに誤脱が相当に存しはするが、祇抄本や同系統の宗祇抄で補正すれば、後稿本の内容はかなり正しく把握できるのである。宗祇によって注を付加されたり（たとえば明応二年本の歌の注の末尾）、変改されたり（たとえば延徳本の定家の歌の注）する以前の古抄後稿本の内容を知り得るわけで、本書の資料的意義は小さくないといえよう。なお、この古抄後稿本の注の特色についても触れるべきであるが、いまは紙幅の都合で省略したい。

最後に貴重な御本の影印を御許可下さった宮内庁書陵部、貴重な資料を利用させていただいた宮内庁書陵部、天理図書館、九州大学付属図書館御関係の方々、種々御教示、御援助を忝けなくした橋本不美男、後藤重郎、島津忠夫の諸氏、学恩を蒙らせていただくことの多かった小島吉雄、吉田幸一、田中宗作、有吉保、井上宗雄の諸氏に厚く御礼申しあげる次第である。

（注）明応七年本は、延徳二年本の歌の注に、作者の伝記や、歌の出典などを増補したもので、たとえば、定家の歌の注を見ると、「此うらに藻しほやくとよめる事は、……おもひのけふりのたより哀ふかくや侍らん」とあるのは延徳本と同じだが、そのあとに、改行して「此哥新勅撰恋三にあり」と、歌の出典を付加している。但し延徳二年本の宗祇の奥書は載せない。